Tarot Card
Easy Rider
타로카드 이지 라이더

칼리

당그래

타로 카드 이지 라이더

칼리 지음

초 판 1쇄 발행일 2007년 12월 15일
초 판 4쇄 발행일 2017년 2월 20일

펴낸이 | 이 춘 호
편집인 | 이 지 현
펴낸곳 | 당그래출판사
출판등록일(번호) | 1989년 7월 7일(제301-2005-219호)
주소 | 100-250 서울시 중구 예장동 1-72 1층 전관
대표전화 | (02) 2272-6603
팩스번호 | (02) 2272-6604
homepage | www.dangre.co.kr
e-mail | dangre@dangre.co.kr
ISBN | 89-6046-015-7*03180
값 23,000원 (78장의 이지 라이더 카드를 포함한 가격)

제 1 장

메이저 아르카나, 마이너 아르카나
그리고 스프레드

Major Arcana, Minor Arcana, Spreads

: 22장의 지배계급. 56장의 부속카드. 그 부속카드 중
16장의 중심인물카드. 그리고 그것을 배열하는 방법.

"독립적이며 강한 영향력을 가지고 있습니다."

타로카드의 구성에서 모든 것에 강력한 영향을 끼치는 22장의
카드를 메이저 아르카나, 혹은 메이저 카드라고 부릅니다.
이것은 다른 카드보다 강력한 뜻을 가지고 있어 때로는
이 메이저 카드만을 사용하는 경우도 있습니다.

----

1. Magician : 마법사 2. High Priestess : 여사제, 기도사 3. Empress : 여왕, 왕비
4. Emperor : 황제 5. Hierophant : 교황, 사제 6. Lovers : 연인들 7. Chariot: 전차
8. Justice : 법 9. Hormit : 은둔가 10. Feel of Fortune : 운명의 수레바퀴, 운명
11. Strength : 힘 12. Hanged Man : 매달린 남자 13. Death : 죽음
14. Temperance : 절제 15. Devil : 악마 16. Tower : 탑, 무너지는 탑
17. Star : 별 18. Moon : 달 19. Sun : 태양, 해 20. Judgement : 심판
0. Fool : 광대, 소년 21. World : 세계

메이저 아르카나는 22개의 전환점을 상징하기 때문에
카드의 해석에 있어 중심이 되는 경우가 많습니다.

마이너 아르카나 – Minor Arcana,
4개로 나뉘어진 세계

"자신의 것을 유지하려고 노력합니다."

타로 카드에서 가장 많은 수량을 차지하는 이것은 세상을
만드는 4대 요소에서 비롯된 독특한 개성을 가진 4개의
국가와 주민들로 이루어져 있습니다.
이 국가를 슈트(Suit)라고 부릅니다.

이것은 14장씩 4개의 국가 총 56장의 카드로 이루어져 있고
그것은 다시 국가를 통치하는 지배계급(궁정카드Court
Card)은 왕. 여왕. 기사. 소년(시종)으로 1-10까지
숫자로 구성된 주민들로 나뉩니다.
4개의 국가는 소드. 완즈. 펜타클. 컵입니다.
(Swords, Wands, Pentacles, Cups)

King of Swords : 칼의 왕   Queen of Swords : 칼의 여왕
Knight of Swords : 칼의 기사   Page of Swords . 칼의 소년(시종)

King of Wands : 지팡이의 왕   Queen of Wands :지팡이의 여왕
Knight of Wands : 지팡이의 기사   Page of Wands : 지팡이의 소년(시종)

King of Pentacles : 별의 왕   Queen of Pentacles :별의 여왕
Knight of Pentacles : 별의 기사   Page of Pentacles : 별의 소년(시종)

King of Cups : 컵의 왕   Queen of Cups :컵의 여왕
Knight of Cups : 컵의 기사   Page of Cups : 컵의 소년(시종)

마이너 아르카나는 진행형입니다. 자신이 하던 일을 하려고 노력합니다.

King of Swords

Queen of Swords

Knight of Swords

Page of Swords

King of Wands

Queen of Wands

Knight of Wands

Page of Wands

King of Pentacles

Queen of Pentacles

Knight of Pentacles

Page of Pentacles

King of Cups

Queen of Cups

Knight of Cups

Page of Cups

배열법. 전개법. 스프레드- Spread. Layout,
4모양과 순서에 따른 사용법.

"모든 것에는 규칙이 있습니다."

스프레드는 타로카드를 어떻게 사용할 것인가를 결정하는
규칙입니다. 스프레드는 하나의 규칙으로 전체의 규칙이
지켜지지 않으면 아무런 의미가 없습니다.

몇 장을 사용할 것인가.
[1장. 3장. 10장 혹은 그보다 많이]

어느 부분을 사용할 것인가.
[78장 전체. 22장메이저만. 메이저와 4개의 수트를 따로따로]

각 위치가 어떤 의미를 가지는가.
[마지막에 위치한 카드는 대부분의 스프레드에서 결론이다]

순서는 어떠한가.
[스프레드의 모양을 완성하기 위해 카드를 어떤 순서로 내려놓을 것인가]

스프레드는 규칙입니다. 하지만 자유롭게 사용하고 싶다면

**스프레드를 사용하지 않아도
타로카드를 해석 하는 데는 아무런 문제가 없습니다.**

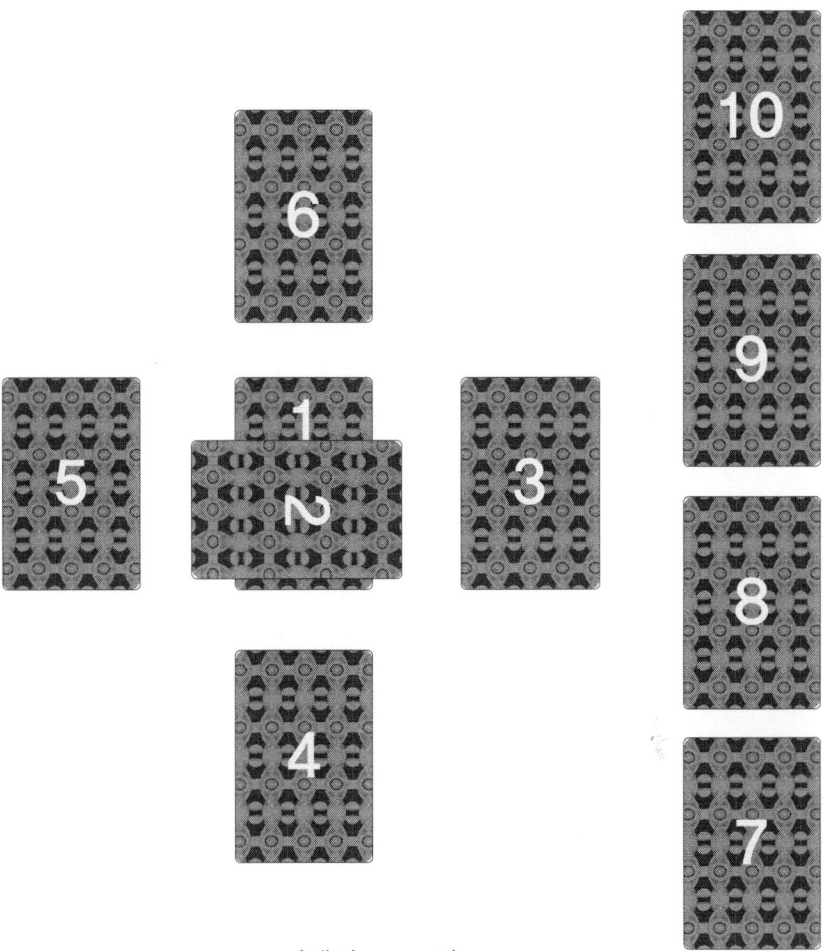

(켈틱 크로스)

섞기, 꺾기, 선택하기 - Shuffle, Cut, Choice
타로 카드를 사용하기 위해 당신의 손이 해야 하는 일.

"손으로 하는 일은 연습을 필요로 합니다."

셔플(Shuffle:섞기), 컷(Cut: 꺾기), 초이스(Choice:
선택하기)는 기본적인 동작입니다.

셔플 (Shuffle) : 섞기.
[카드의 순서가 무작위로 뒤섞이도록 하는 것]

컷 (Cut) : 꺾기 또는 덜어내기.
[전체 카드 무더기의 일부를 덜어내거나 방향을 바꾸어 다시 얹는 것]

초이스 (Choice) : 선택하기
[사용할 만큼 카드를 선택하는 것]

방법은 여러 가지가 있습니다.
카드가 섞일 수 있다면 어떤 방법이든 사용해도 좋고
카드를 선택하는 규칙도 스프레드에 정해져 있지 않다면
어떤 방식이든 괜찮습니다.

자신에게 맞는 방법을 선택하여 연습하셔야 합니다.

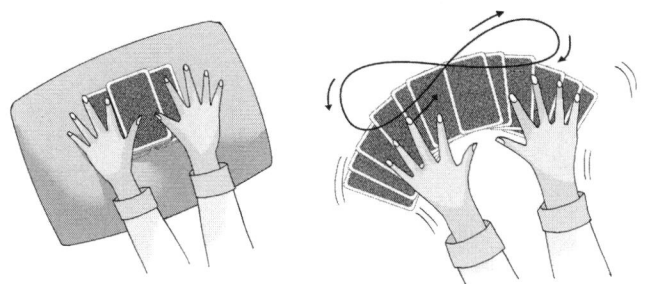

카드 위에 양손을 얹는다. 그 다음 무한대 표시를 그리며 카드를 섞는다.

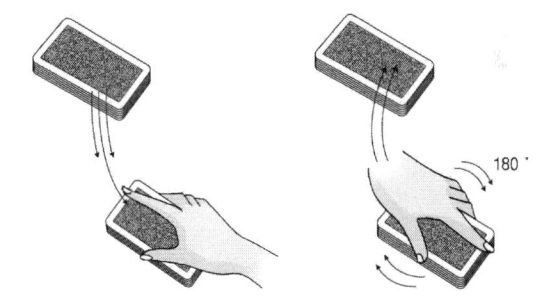

전체 카드 무더기의 일부를 덜어내거나 방향을 바꾸어 다시 놓은다.

그림자. 배경. 떨어진 카드 – Shadow. Under. Fall Down.

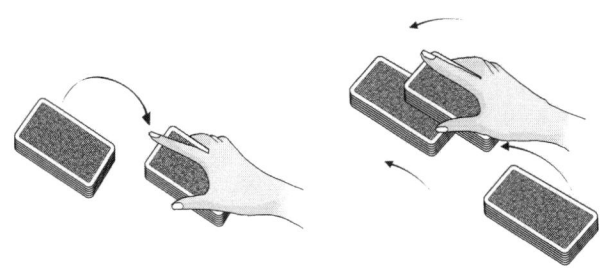

사용할 만큼 카드를 선택한다.

부수적으로 작용하는 카드들.

셰도우 (Shadow) : 그림자.
[카드를 섞을 때 마다 자주 나타나는 카드]

그림자 카드라고 불리는 카드는 카드를 셔플 할 때마다 잦은 빈도로
나타나거나 해석에서 중요한 위치에 자주 나타나는 카드를 말합니다.
이 카드는 때로 잊고 있는 중요한 문제를 상징하거나
자신을 상징하는 카드로 알려져 있기 때문에 중요하게 여겨집니다.

때로 어떤 타로리더들은 다른 사람의 점을 볼 때 자신의 셰도우
카드는 제외하고 해석하는 경우도 있습니다.

언더 (Under) : 추가카드.
[해석을 쉽게 하기 위해 부수적인 설명을 하려고 별도로 선택하는 카드]

언더 카드 혹은 추가 카드라고 불리는 카드는
명쾌한 해석이 불가능 할 때 혹은 선택의 기로를 점칠 때 사용되는 카드입니다.
필요에 따라서 스프레드를 다 펼친 다음 추가로 선택해 뽑거나
처음부터 선택해 두고 사용하거나 사용하지 않을 수 있습니다.
부연설명이 필요한 경우에 처음부터 언더카드를 선택해 사용합니다.

폴 다운 (Fall Down) : 떨어진 카드
[카드를 섞거나 스프레드를 놓다가 뚝 떨어져 나온 카드]

카드를 섞다가 떨어진 카드를 따로 두고 사용하는 것을
떨어진 카드라고 합니다. 이 카드는 해석 전체에 영향을 끼치지 않지만
타로리더가 알아야 하는 또 다른 문제를 말하기도 합니다.

타로 카드 이지 라이더

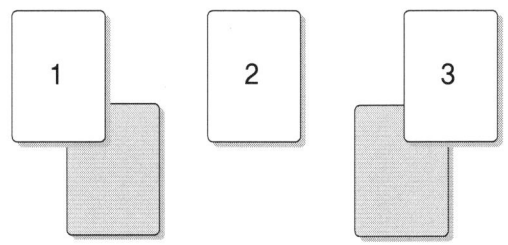

3Card-Under
가장 쉬운 전개법(Spread)인 3카드의 응용전개 3 card Under

회색으로 표기된 카드가 언더(Under)카드이다. 이 언더카드는 1번과 3번 위치의 카드를 보완하고 설명하는
역할을 하는데 표면의 문제에 대한 부연설명을 하기 때문에 언더카드라고 부른다.
 * 사용할 카드를 한데 모아 편한 방법으로 뒤섞은 다음 하나로 모은다.
 * 한 덩어리로 모은 카드를 세 덩어리로 나누어 그중 하나를 고른다.
 * 제일 위에서부터 세어 좋아하는 숫자만큼 아래의 카드를 한 장 골라 1번 카드로 사용한다.
 * 중간쯤 위치한 카드를 2번 카드로 사용한다.
 * 제일 아래에서부터 위로 세어 좋아하는 숫자만큼 위의 카드를 3번 카드로 사용한다.
 먼저 셔플을 하고 남은 카드를 한데 모아 한 덩어리로 만든 다음 가볍게 세 번만 섞는다.
가장 위에 위치한 카드를 1번 자리의 언더카드로 가장 아래의 카드를 3번 카드의 언더카드로 사용한다.
1번에서 3번까지의 카드를 읽는 방법에도 여러 가지가 있지만 1번은 과거. 2번은 현재. 3번은 미래로 해석하
는 것이 일반적이다. 이를 아래와 같이 변형하여 사용한다.

금전 운의 경우의 예 :

　　　　1번 위치 : 과거의 금전을 얻기 위해 노력 했는가
　　　　2번 위치 : 현재의 금전상태는 어떠한가
　　　　3번 위치 : 앞으로의 금전상태는 어떻게 변화할 것인가.
이때 1번 언더카드는 : 금전을 얻기 위해 잘했는가. 못했는가.
이때 3번 언더카드는 : 금전을 얻기 위한 환경이 주어질 것인가 그렇지 않을 것인가.
이처럼 언더카드는 원인을 파악하고 결과를 예측하는데 주효하지만 1번과 3번의 카드가 뚜렷하고
강력하게 해석될 수 있는 카드가 선택되었다면 읽지 않고 건너뛸 수도 있다.
언더카드는 해석에서 무시될 수 있기 때문이다.

알아야 하지만 몰라도 상관없는 것들
Need to Know. nothing

다섯 가지 조언

* 완성된 상태는 완성된 숫자가 필요로 한다 (10)
* 카드들은 둘 또는 셋씩 짝을 짓고 있는데 짝이 함께 나타날 때 문제가 해결되거나 심각하게
  변하게 된다.
* 남자와 여자가 셋트로 나타나면 사건이 시작된다.
* 홀수보다는 짝수가 안전하다.
* 카드가 순서대로 3장 넘게 배열되면 섞이지 않은 것이므로 다시 섞는다.

완전한 숫자는 10을 말합니다. 타로카드에서는 이 10이 중요한 의미를 가지는 데 펜타클의 10은 모든 것을 가진 행복을, 소드의 10은 변할 수 없는 상태를, 완즈의 10은 자신의 능력을 모두 발휘해 해내야만 하는 일을, 컵의 10은 모든 것을 이루고 평안한 휴식을 의미합니다. 모든 숫자는 10이 되기 위해 노력하고 10이 되기 위해 모자란 만큼을 필요로 하기 때문입니다. 예를 들어 같은 수트의 3과 6이 나왔다면 9또는 1번 카드가 의미하는 것을 필요로 한다고 해석할 수 있습니다.

짝을 이루면 뜻은 강해집니다. 예를 들어 숫자 1과 10은 시작과 완성을 모두 이루었기 때문에 좋은 의미를 가집니다. 대비되는 수트의 같은 숫자는 그 뜻을 강하게 만드는데 소드의 1과 완즈의 1이 함께 나왔다면 당신의 강한 의지가 어떤 일이 벌어지더라도 흔들리지 않을 것임을 뜻하게 됩니다.

남자와 여자는 함께 나왔을 때 사건의 시작을 의미합니다. 흔치서도 남자와 여자기 모두 그려긴 연인(Lovers)과 악마(Devil)카드는 당연히 사건의 시작을, 의미하지만 왕과 여왕이 함께 나타났을 때도 마찬가지로 새로운 사건의 시작을 의미하게 됩니다. 남자와 여자는 함께 나타나 당신의 판단력을 시험합니다.

홀수는 짝을 맞추기 위해 진행하는 숫자입니다. 때문에 안정적인 상황이 아니라 변화하는 상황을 상징합니다. 짝수는 멈추어 있는 숫자입니다. 현재의 상황이 유지될 것임을 말합니다. 그러므로 좋은 해석이라면 홀수보다는 짝수 쪽이 안전합니다.

연속되는 카드는 너무 섞었거나 섞이지 않았을 때 나타납니다.

3가지 조건

* 세 번 이상 섞는다
* 세 번 이상 읽고 나서 해석한다.
* 세 장 이상 읽는다.

한번 섞는 것은 한번 숨을 들이쉬고 내쉬는 동안 카드를 섞는 것을 말합니다. 3번 이상 섞어야 하는 것은 손을 스무 번 이상 움직여야만 카드가 적당한 상태로 섞이기 때문입니다. 한번 숨을 쉬고 내쉴 때 평균적으로 6-10회 카드를 섞게 되고 18회-30회 정도면 78장의 카드는 적절한 상태로 뒤섞입니다.

세 번 이상 카드를 읽는다는 뜻은 펼쳐 놓은 카드를 순서대로 한번. 거꾸로 한번. 시작 카드와 마지막 카드만으로 한번 이렇게 세번 읽는다는 뜻입니다. 처음 읽을 때는 카드를 배열된 순서대로 풀어 이야기를 만듭니다. 두 번째 읽을 때는 거꾸로 거슬러 올라가며 확인합니다. 마지막으로 중간의 카드들을 빼버리고 첫 카드와 마지막 카드만을 읽었을 때도 내가 읽어낸 것과 맞아 떨어지는가를 확인해야만 질문자에게 정확히 카드를 설명할 수 있습니다.

질문에 해답을 얻기 위해서는 원인. 현재상태. 미래의 방향의 3가지를 읽어낼 수 있어야합니다. 이를 읽어내기 위해서는 최소 3장의 카드가 필요하기 때문에 3장 이상을 선택해서 읽게 됩니다. 질문이 간단하다면 한 장의 카드에서도 모든 것을 읽어낼 수 있지만 가장 편한 방법은 3장을 사용하는 것입니다.

치우치거나, 지나치거나
Biased or excess

지나친 것은 :

같은 질문을 두 번 이상 하는 것은 지나칩니다.
　　같은 질문을 원하는 대답이 나올 때 까지 반복한다고 해도 답을 얻을 수 없습니다.

친구라고 해도 모든 이야기를 해 줄 수는 없습니다.
　　카드에 보이는 모든 것을 다 말하는 것은 지나친 행동입니다.

너무 많이 카드를 섞는 것은 지나칩니다.
　　카드를 섞기 시작한지 3분이 지나면 질문자는 집중력을 잃어버리고 지루해 하기 시작합니다.

너무 많이 카드를 펼치는 것은 지나칩니다.
　　열장이 넘는 카드 일 때 당신은 카드들을 어떻게 조합해야 할지 몰라 펼쳐진 카드 속에서
　　길을 잃을지도 모릅니다.

치우친 것은 :

아는 사람의 이야기라고 해서 카드의 내용과 상관없이 넘겨 집어 이야기 하는 것은 치우친 행동입니다.

결론을 먼저 말하며 카드를 설명하는 것은 질문자에게 치우친 생각을 가지게 합니다.
　　"결론은…"을 듣고 나면 질문자는 나머지 내용은 듣지 않습니다.

　　　타로 카드 해석은 치우치거나 지나치지 않는 것이 기본입니다.

해도 좋고 안 해도 좋은 것
May be or not

카드를 사용하고 매번 순서대로 정열을 해야 한다는 생각도 있습니다.
해도 좋고 안 해도 좋습니다.

손을 씻고 카드를 사용해야 한다는 이야기도 있습니다.
한번 쯤 손을 씻지 않고 카드를 사용했다고 해서 그 카드를 버려야 하는 것은 아닙니다.

다른 사람이 카드를 만지면 부정 탄다고 생각하는 사람들도 있습니다.
스스로 그렇게 생각하면 그렇지만 그렇게 생각하지 않는다면 꼭 그렇지는 않습니다.

질문자가 셔플을 해야 한다고 생각하는 사람들도 있습니다.
질문자가 원하면 할 수 있지만 꼭 질문자가 카드를 섞어야 하는 것은 아닙니다.

카드를 자신이 직접 만들어야 한다는 이야기가 있습니다.
평생을 예언자로 살 것이라면 한 개쯤 만들어도 좋지만 타로카드를 사용하는 누구나 자신의 카드를 만들어야 하는 것은 아닙니다.

향을 피우거나 초를 켜두고 타로카드를 사용하는 사람들도 있습니다.
향이나 초는 안정감을 주기 때문에 있으면 좋지만 꼭 사용해야 하는 것은 아닙니다.

독립적인 장소에서 조용하게 카드를 사용해야 한다고 생각하는 사람들도 있습니다.
하지만 시끄러운 장소에서도 타로카드를 잘 보는 사람들도 있습니다.

타로 카드 이지 라이더

제 **2** 장
22장의 키워드
(메이저 아르카나)

Major Arcana

메이저 아르카나

메이저 아르카나, 짧게 메이저라고 부르는 22장의 카드는 2장을 제외한 20장의 카드에 인물이 그려져 있어 Fool(소년)에서 World(세계)에 도착하는 여행을 그리고 있다고 알려져 있습니다. 아무것도 모르는 소년이 목적을 가지고 여행을 시작하며 자라나 기술을 배우고. 다시 물질적인 힘과 정신적인 균형을 이루어 나가며 결국은 세상을 이해하게 되는 것 이 타로카드 메이저 아르카나 22장에 담긴 이야기입니다.

그래서 우리는 이 메이저 아르카나를 **인생의 행로**라고 부르고 해석에 있어서 무엇을 어떻게 해야 하는가 하는 행동의 문제를 해석할 때 메이저 아르카나에 주목합니다. 대부분의 질문이 **내가 무엇을 어떻게 할 것인가**이기 때문에 22장의 메이저만을 사용해도 답을 찾을 수도 있습니다.

메이저 아르카나는 책으로 따지면 명언집과 비슷합니다. 항상은 아니지만 가끔은 가슴을 때리는 명언들처럼 메이저 아르카나도 일반적인 이야기처럼 보이지만 때로는 꽤 괜찮은 조언을 이야기 해 줄 것입니다.

메이저 아르카나 만을 다룰 때

특이하게도 마이너 아르카나만을 사용하는 사람은 없지만 메이저 아르카나만을 다루는 사람은 있기 때문에 몇 가지 조언합니다. 메이저 아르카나만을 사용할 때 8장 이상 선택하는 것은 금물입니다. 카드를 섞어서 조합을 만들기 위한 최소의 확률이 33%이기 때문입니다. 메인 뚝길은 카드들이 위치만 바꾸어 나열되는 것을 원하시 않는다면 7장 이하의 카드를 사용하는 것이 좋습니다.

메이저 아르카나는 각 카드가 강한 의미를 가지고 있기 때문에 위치를 고려하지 않고 읽는다면 말이 되지 않는 경우도 있습니다. 서로 극명하게 다른 카드가 서로 관련되는 위치에 있을 때는 질문을 좀더 세분화 하여 다시 섞는 것을 추천합니다.

I. The Magician

II. The High Priestess

III. The Empress

IV. The Emperor

V. The Hierophant

VI. The Lovers

VII. The Chariot

VIII. Justice

IX. The Hermit

X. Wheel of Fortune

XI. Strength

XII. The Hanged Man

XIII. Death

XIV. Temperance

XV. The Devil

XVI. The Tower

XVII. The Star

XVIII. The Moon

XIX. The Sun

XX. Judgement

0. The Fool

XXI. The World

소년 또는 광대

0. The Fool

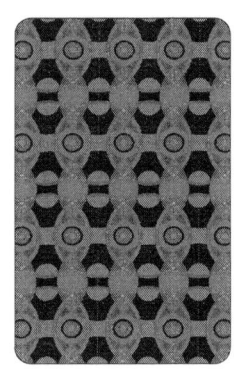

정   역   뒷면

Massage or Advice

메시지, 또는 조언 :

소년 카드는 당신이 지금 원하는 것을 찾으려고 노력하고 있음을 알고 있습니다. 결과가 눈에 보이지 않기 때문에 어쩌면 혼란스러울 수도 있습니다. 아직 주변을 탐색중인 당신에게 산 너머의 미래가 보이기란 쉬운 일이 아니니까요. 시작의 때란 없습니다. 언제든지 할 수 있는 일이 시작입니다. 모르니까 탐색하는 일도 잊지 마세요. 계속 알고자 노력하는 것은 중요합니다.

Key-Word : 뜻

정— 어리석음(바보 같은 짓), 매니아(광적임), 사치(낭비, 무절제, 방종), 흥분(도취, 중독), 맹렬한 흥분(일시적 정신착란), 광란(격분, 격앙), 비밀을 폭로하다.(또는 누설하다, 가끔은 '비밀의 증거를 눈앞에 제시하다' 라는 뜻으로도 쓰인다.)

역— 부주의(태만으로 인한), 방심(부재, 때로는 결핍), 분배(배열, 배치), 부주의(경솔), 무관심, 가치 없는 것, 허영심.(자만심, 반대로 허무하거나 무익한 것을 의미하기도 한다.)

마법사 또는 능력자

1. The Magician

  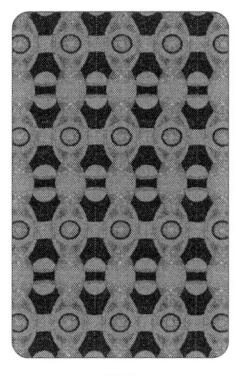

정   역   뒷면

Massage or Advice
메시지, 또는 조언 :

마법사 카드는 당신에게 현재상태가 바쁘고 혼란스러울 수도 있지만 아직 쉴 때는 아니라는 것을 잘 알고 있습니다. 당신은 이제야 어디쯤 가야할까 고민하는 중이고 하고 싶은 일도 많습니다. 중요하니까 충분히 생각하고 결정해도 좋습니다. 아직은 때가 아니라고 생각된다면 때를 기다리면 됩니다. 당신은 할 수 있습니다. 능력이 있어 여기까지 올 수 있었다는 걸 스스로도 잘 알고 있으니까요.

Key-Word : 뜻

정— 기술(숙련, 교묘하다, 기능, 익숙함), 외교술(외교적 제안), 연설(인삿말), 주소, 병(메스꺼움), 고통(고뇌, 비탄, 근심), 분실(유실, 실패, 사망), 재앙(천재지변, 사망), 자신(자부심), 의지(의지의 힘), 질문자의 성이 남자일 경우 질문자.

역— 의사, 치료자, 마술사(보통 'magus'는 점성술사로 알려져 있다.), 정신적 질병(정신적 피로), 불명예(망신, 치욕, 인기 없음).

고위 여사제 또는 기도사

2. The High Priestess

정

역

뒷면

Massage or Advice

메시지, 또는 조언 :

평생을 통해 성장하는 당신의 생각의 나무는 지금도 열매를 맺고 자라나고 있습니다. 예전보다 지금은 조금 더 현명한 판단을 내릴 수 있게 되었다는 것을 당신도 잘 알고 있습니다. 지금 당신은 스스로 결정을 내릴 수 있는 충분한 지혜를 가지고 있습니다. 다른 사람의 생각이나 주변상황에 의지하기보다는 내가 진정 원하는 것을 따르는 지혜가 필요합니다.

Key-Word : 뜻

정— 비밀(은밀한, 신비한), 신비(수수께끼), 아직 밝혀지지 않은 미래의 비밀, 질문자가 여자일 경우 질문자, 침묵(비밀 엄수, 정적 또는 무소식), 고집(끈기, 뛰어난 기억력), 현명(지혜, 슬기로움, 학문, 지식 또는 명언), 과학(학문, 신앙적인 요법, 기술).

역— 열정(격정, 열애, 열광, 격노, 흥분), 도덕적인 것 또는 육체적 열정, 자만(자부심, 반대로 호의, 호감, 기발한 표현이나 착상이라는 뜻도 있다.), 표면적인 지식(겉치레의 지식 또는 표면적인 이해).

여왕 또는 왕비

3. The Empress

  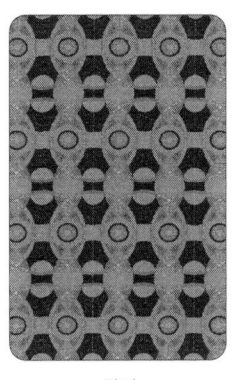

정　　　　　　　　　　역　　　　　　　　　　뒷면

Massage or Advice

메시지, 또는 조언 :

충분하지 않은 것은 당연합니다. 당신은 더 잘 대접받아야 마땅한 사람이니까요. 당신의 속마음을 말할 수 없으니 얼마나 답답할까요. 다른 사람보다 조금 더 많이 가지고 있고 조금 더 편안하다고 당신이 다른 사람들이 모든 사정을 다 이해해주어야 하는 것은 아닙니다. 당신의 것이지 그 사람들의 것이 아니니까요. 타인 보다는 내 자신을 위해 시간을 투자하는 것이 어떨까요?

Key-Word : 뜻

정— 다산(비옥한, 유리한), 행동(실행, 또는 연기), 독창력(솔선), 긴 하루, 알려지지 않은 비밀, 설상가상으로 다가오는 곤란, 의심하다, 무지(무식).

역— 빛, 진리, 풀리지 않은 복잡한 문제, 우유부단(망설임, 흔들림, 동요). 모두가 함께 할만한 기쁜 소식.

황제 또는 왕

4. The Emperor

  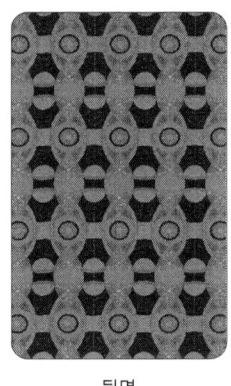

정   역   뒷면

Massage or Advice

메시지, 또는 조언 :

조력자가 없다는 사실은 당신을 힘들게 합니다. 옳은 일을 할 줄 알고, 바른 생각을 가지고 있는 당신에게 함께 의견을 나눌 사람이 없다는 것은 참으로 안타까운 일입니다. 당신에게 스승은 있지만 동료는 없습니다. 당신의 현명함은 흐려지지 않지만 당신의 능력은 시간이 지나야 칭찬받게 될 것입니다. 현재의 사람들이 당신을 이해하지 못하는 것은 당신의 고통입니다.

Key-Word : 뜻

정— 안정(고정), 힘, 보호능력, 위대한 사람, 도움(원조나 구원), 사고력(판단력, 물론 이치와 도리에 맞는 이유를 가지고 있는 사고력이나 판단력을 뜻한다.), 유죄판결(설득력 있는 신념에 따른 유죄의 판결, 반대로 죄의 자각이란 뜻도 잇다.).

역— 자비심(자선, 선행), 동정심(측은히 여김), 적의 명성(세력, 평판, 신용)으로 인해 혼란을 겪게 되다, 미숙(미완성, 또는 생소한 것).

교황 또는 사제

5. The Hierophant

 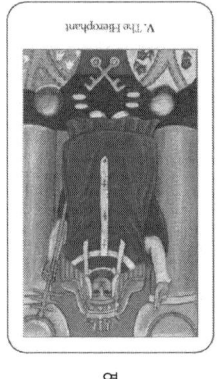 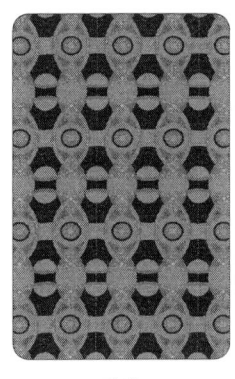

정   역   뒷면

Massage or Advice

메시지, 또는 조언 :

당신은 남의 일에 끼어들지 않으면서도 지켜볼 줄 아는 관찰자입니다. 대부분의 경우 당신은 온정적으로 어떤 것이 좋은지 잘 알고 있습니다. 안타깝게도 사람들은 최악의 상황이 되어서야 당신에게 찾아옵니다. 다른 사람들의 안 좋은 상황을 보는 당신의 마음도 편하지는 않지만 당신은 조언을 아끼지 않습니다. 사람들이 당신에게 감사하지 않아도 당신은 신경 쓰지 않습니다.

Key-Word : 뜻

정─ 결혼으로 맺어진 결연(동맹)이나 인척관계, 포로(속박 또는 속박기간 감금기간), 감금(예속되다, 강제노동이나 징역), 또 다른 중요성(혹은 또 다른 근거나 이유), 자비와 선량함, 영감(암시, 교시), 질문자가 의지하는 사람(질문자의 보호자 또는 정신적인 지주).

역─ 교제(공동체, 사회, 모임), 충분히 이해, 협정(협약, 일치), 과잉친절, 약함.(허약, 유약, 약점 또는 부족하거나 모자른 점을 뜻하기도 한다.)

연인들 또는 사랑

6. The Lovers

  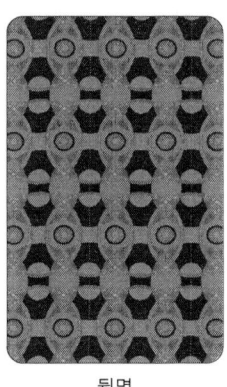

정   역   뒷면

Massage or Advice

메시지, 또는 조언 :

당신은 열정을 가진 사람입니다. 그래서 다른 사람을 이해하고 포용할 준비도 되어 있습니다. 그런 당신에게 짝이 없다면 아직 때가 되지 않았기 때문입니다. 가끔은 말도 안 되는 상대에게 사랑을 베풀고 후회하기도 하지만 그것 또한 당신이 진정한 사랑을 만나기 위한 과정임을 당신은 잘 알고 있습니다. 때는 인셴가 찾아올 것입니다. 당신은 기다릴 줄 아는 사람입니다.

Key-Word : 뜻

정— 매력에 끌리다(혹은 매혹당하다), 사랑(자비 또는 경애 가끔은 큐피트 자체를 'love' 로 표현하거나 귀여운 사람은 'love' 라고 부르기도 한다.), 아름다움(美), 시험을 이기다(고난을 이기다).

역— 실패(불충분), 어리석은 계획(바보 같은 시도, 하찮은 계획). 끝을 알 수 없는 기다림.

전차 또는 전쟁

7. The Chariot

  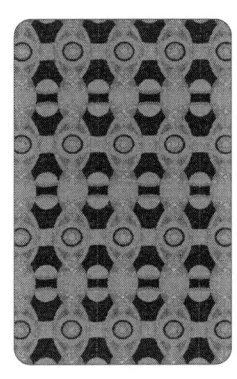

정   역   뒷면

Massage or Advice

메시지, 또는 조언 :

당신은 확신을 가지고 있습니다. 물론 타당한 이유도 설명할 수 있습니다. 그것이 다른 사람에게 어떻게 보여 지는 지는 중요하지 않습니다. 모든 일에는 양면이 존재하고 누군가는 피해를 보기 마련 이니까요. 당신 스스로도 어느 정도는 희생할 준비가 되어 있습니다. 그러니 이제 누구도 당신을 막을 수 없습니다. 당신은 패배자가 된다고 해도 후회하지 않을 사람이니까요.

Key-Word : 뜻

정— 구조(원조), 신의 섭리*, 일반적으로 전쟁, 승리(성공!), 가정하다(추측하다, 어림잡다 때로는 지나친 추측이나 가정으로 인한 무례함이나 뻔뻔스러움을 의미하기도 한다.), 복수(앙갚음), 근심(걱정이나 병, 또는 그로 인한 고생이나 불편).

역— 폭동(소동, 방종), 싸움(말다툼이나 그 원인), 논쟁하다(토의하다), 소송(기소), 쳐부수다(패배시키다).

법 또는 규칙

8. Justice

  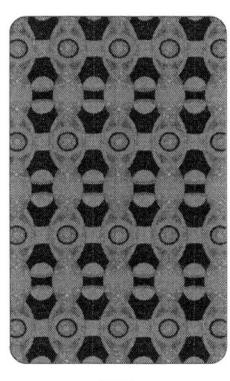

정   역   뒷면

Massage or Advice

메시지, 또는 조언 :

당신은 모든 것을 고려해 생각을 결정합니다. 그래서 당신의 판단은 대부분의 경우 옳기 마련입니다. 때로는 당신의 생각이 지나치다고 생각하는 사람들도 있지만 다수를 위해서는 어쩔 수 없습니다. 사람들은 법보다 주먹이 가깝다고 생각하지만 그 주먹도 결국 법에 의해 심판받게 될 것임을 당신은 알고 있습니다. 당신의 생각이 맞습니다. 규칙은 지켜야 하는 것이니까요.

Key-Word : 뜻

정 — 공정(공평, 정당), 정직(올바름, 진실), 청렴결백(성실, 고결), 집행력(사람을 뜻할 때는 중역이나 집행부에 속한 사람).

역 — 법에 속한 한 부분(즉 '법을 편협한 시각으로 해석하다' 라는 뜻으로 볼 수도 있다.), 편협한 시각, 고집불통, 치우침(성향, 경향), 지나치게 엄격한.(대부분은 평가에 있어서 엄격한 시각을 말한다. 자신에게 엄격한 사람이나 타인에게 엄격한 사람을 뜻하기도 한다.

예언가 또는 은둔자

9. The Hermit

  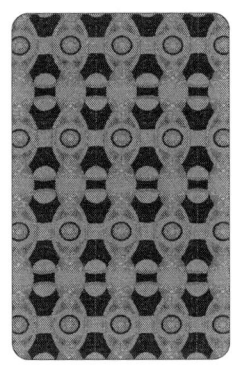

정   역   뒷면

Massage or Advice

메시지, 또는 조언 :

당신은 사회생활을 즐기는 사람은 아닙니다. 혼자만의 시간을 즐기고 시간이 흘러가는 것을 지켜보는 사람입니다.

당신은 스스로의 내면을 들여다보기 위해 다른 사람들과 교제하는 것을 피하지만 내성적이거나 언변이 없는 것은 아닙니다. 당신은 때가 되면 대중 앞에 나서게 될 것입니다. 당신은 바른 때에 등장하기를 원합니다. 그래야 사람들이 당신의 말에 귀 기울일 테니까요.

Key-Word : 뜻

정― 신중(빈틈없음, 또한 특별한 상황에서는 반역이나 배신을 뜻하기도 한다.) 위장과 위선, 사기나 장난 같은 죄, 타락.(부패 또는 그 원인이 되는 매수나 변조를 뜻하기도 한다.)

역― 은폐(은닉 또는 잠복이나 은신처), 위장하다(변장하다, 속이다), 수단이나 방법(정책이나 방침), 공포, 이유 없는 훈계나 주의(또는 지나친 신중함.)

운명의 수레바퀴 또는 운명

10. Wheel of Fortune

  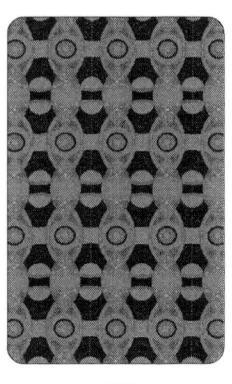

| 정 | 역 | 뒷면 |

Massage or Advice

메시지, 또는 조언 :

행운이 항상 자리를 지키고 있지 않아도 운명은 결국 당신의 손을 들어 주게 될 것입니다. 당신은 좋은 운명을 타고난 사람입니다. 작은 것을 놓아주고 큰 것을 가질 줄 아는 당신에게는 결국 좋은 결과가 주어집니다. 아직 모든 것이 끝나지 않았다는 것을 당신은 잘 알고 있습니다. 시간을 잘 사용한다면 길파는 좋은 쪽으로 달라진 다는 것을 당신이 알고 있기 때문입니다.

Key-Word : 뜻

정— 운명(숙명 또는 운명의 3여신을 뜻하기도 한다), 행운(부, 재산, 좋은 운수 같은 것들), 성공(출세, 혹은 성공한 사람), 운, 경사(지복[至福]).

역— 늘다(증식하다, 불어나다, 때로는 때가 되다라는 문장에 사용되기도 한다.), 유복함(부유함, 풍족함), 과분하다.(남아돌다, 사치스럽거나 비정상적인 풍요를 의미하기도 한다.)

힘 또는 권력

11. Strength

  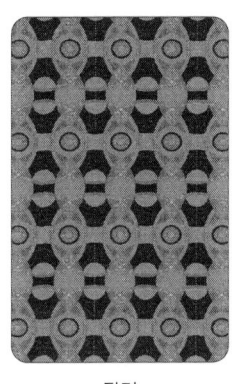

정   역   뒷면

Massage or Advice

메시지, 또는 조언 :

정기적으로 운동을 즐기는 당신은 건강한 사람입니다. 건강해야 모든 일을 잘 할 수 있다는 것을 아는 당신은 현명한 사람입니다. 당신은 많은 일을 해야 하는 사람이기 때문입니다. 아직은 누구도 당신을 대신할 수 없습니다. 당신은 모든 것을 조절할 줄 알고 사용할 줄 압니다. 그것이 당신의 힘입니다.

Key-Word : 뜻

정— 힘(권력, 권능), 에너지(또는 에너지가 작용하는 세력이나 잠재적인 능력), 행동(활동, 또는 실행하다, 작용하다), 용기(담력, 배짱), 관대함(담대함, 아량이 넓다).

역— 전제정치(독재, 압제 혹은 그런 사람), 힘이나 권력을 남용하다, 약점(허약함이나 결점), 불화(불협화음, 소음).

매달린 남자

12. The Hanged Man

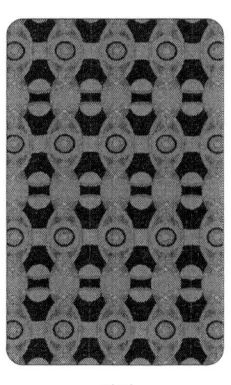

정   역   뒷면

Massage or Advice

메시지, 또는 조언 :

현재 상황이 별로 근사하지 않아도 당신 스스로 한 결정이라면 크게 문제 될 것은 없습니다. 현재 상황에서 당신은 무엇인가를 배우게 될 것이기 때문입니다. 경력이나. 경험 그것도 아니면 돈을 벌게 될 것입니다. 평생을 달릴 수는 없으니까 잠시 멈춰있는 시간도 필요합니다. 지금은 그런 때입니다 딱히 손에 집히는 일도 없고 마음에 드는 일도 없는 시기도 당신은 잘 견딜 수 있을 것입니다.

Key-Word : 뜻

정— 지혜(현명함 또는 그 근본인 학문이나 지식), 세심한 주의(신중하다 때로는 용의주도), 통찰력(인식), 시련(고난, 때로는 스스로 선택한 고난이나 시련을 이겨내야 하는 시기를 의미하기도 한다.), 희생('십자가에 못박힘' 또는 산 제물이나 기도), 직관, 예언(점).

역— 이기주의, 대중(군중 또는 국민), 국가(우리나라같이 정치방식을 한 가지만 선택한 국가).

죽음 또는 끝

13. Death

  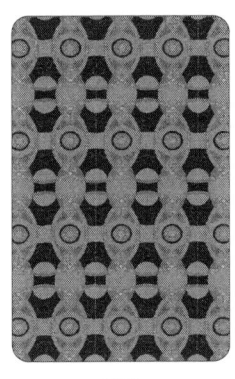

정　　　　　　　　　역　　　　　　　　　뒷면

Massage or Advice

메시지, 또는 조언 :

당신은 정지상태의 장점을 잘 알고 있습니다. 정지상태에서는 예상치 못한 일이 닥치는 일도 없고 새로운 일을 맡는 일도 없습니다. 당신은 새로운 일이 생길 때까지 짧은 침묵의 시간을 즐길 수 있습니다. 이런 시간은 자주 오지도 않고 길지도 않습니다. 당신은 잘 할 수 있습니다. 이런 시간을 이겨내는 방법은 간단합니다. 휴식을 즐기는 겁니다.

Key-Word : 뜻

정— 끝(종료), 죽음을 면할 수 없는 운명, 파괴(살인, 멸망), 타락(퇴폐, 부패).

역— 타성(관성, 또는 무력증), 잠자다(죽은 상태), 기면병(혼수상태 또는 무감각상태), 망연자실(석화[石化]), 화석), 몽유병.

절제 또는 평정

14. Temperance

  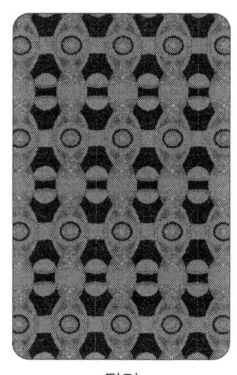

| 정 | 역 | 뒷면 |

Massage or Advice

메시지, 또는 조언 :

당신은 선택을 잘 하는 능력을 가지고 있습니다. 지나치지 않고 모자라지 않은 것을 골라내는 기술은 누구에게나 존재하는 것은 아닙니다. 당신은 충분히 생각하고 행동하며 여러 가지 상황을 고려합니다. 선택에 시간이 좀 걸리는 단점은 좋은 결과를 본다면 누구나 충분히 이해 할 것입니다. 결과를 미로 일 수 없나변 선택에 시간이 걸리는 것은 당연합니다.

Key-Word : 뜻

정— 경제(절약, 검약), 중용(알맞음, 적당함, 절제), 검소, 관리(경영, 지배, 감독), 조화(적응, 조절).

역— 교회와 연관된 인물들, 종교, 분파, 성직자, 게다가 분열을 부르는 불행한 결합, 교회 세력과 관련 있는.

사탄 또는 유혹

15. The Devil

  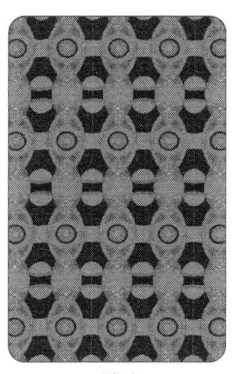

정   역   뒷면

Massage or Advice

메시지, 또는 조언 :

당신은 매력적인 사람입니다. 그래서 주변사람들을 혼돈 속에 빠트립니다. 문제는 당신스스로도 혼돈 속에 빠진다는 점입니다. 당신이 주변사람들을 휘두르려고 하기 때문에 문제가 발생합니다. 문제의 원인이 당신에게 있다는 건 당신도 잘 알고 있기 때문에 큰 사건은 벌어지지 않습니다. 사람들이 당신 탓을 하지 않도록 적당한 시간에 멈출 수 있도록 주의하면 괜찮습니다.

Key-Word : 뜻

정— 파괴(황폐), 폭력(폭행, 강간), 격렬함(격정), 이상한(비범한, 비상함), 노력(수고, 그로 인한 성과), 힘(으로 행사하는 폭력이나 무력), 재난(참사 등의 불운), 운명 그러나 이것은 악마로 인한 것이 아니다.

역— 악마의 영향(불길한 운명, 불운한 재난), 약함(가냘픔, 우유부단 등의 약점), 하찮음, 무지함(맹목적임, 무분별함).

탑 또는 무너지는 탑

16. The Tower

  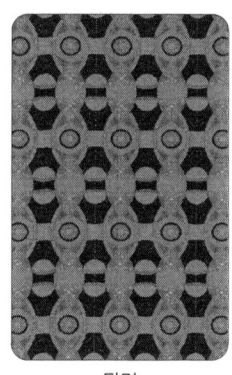

정 역 뒷면

Massage or Advice

메시지, 또는 조언 :

당신은 마음에 안 들면 버릴 줄 아는 사람입니다. 현재 상황이 그다지 좋지 않을 때 그냥 포기할 줄 아는 것도 당신의 장점입니다. 때로는 끝까지 가도 얻을게 없을 때가 있는 법이지요. 복잡한 상황을 집어던져 버릴 줄 아는 당신은 두려울 것이 없습니다.

Key-Word : 뜻

정— 정신적 고통(괴로움, 비탄, 비참함 때로는 불행이나 고난), 고뇌(빈곤, 재난), 불운(역경), 불행(재난), 치욕(망신), 속임(기만, 사기 등에 현혹되다), 파멸(폐허, 멸망).

역— 어떤 사람들은 정 방향의 뜻을 약간 약하게 해석하라고 말하기도 한다. 대부분은 압제, 감금, 정치적 횡포.(때로는 주도권을 가진 사람이 권력을 남용하다.)

별 또는 징조

17. The Star

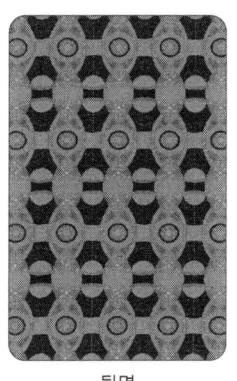

정   역   뒷면

Massage or Advice

메시지, 또는 조언 :

당신은 손에 쥔 것을 잃었을 때야 소중함을 아는 바보 같은 사람이 아닙니다. 소 잃고 외양간 고치는 사람도 아닙니다. 당신은 분위기를 감지할 줄 압니다. 사소한 것이 나중에 큰 영향을 끼칠 수 있다는 것을 잘 알고 있기 때문에 뒤늦게 후회하는 일은 당신에게 잘 일어나지 않습니다. 그래서 사람들은 당신을 부러워합니다. 당신만큼 미래를 희망적으로 보는 사람도 없기 때문이지요.

Key-Word : 뜻

정— 잃다(실패하다, 사망하다, 분실하다), 도둑질, 몰수(상실, 결핍, 궁핍), 포기, 또 다른 해석으로는 희망이나 빛, 전망, 가능성의 의미가 있다.

역— 거만(오만), 건방진, 무기력하다(노쇠하다).

달 또는 변화

18. The Moon

 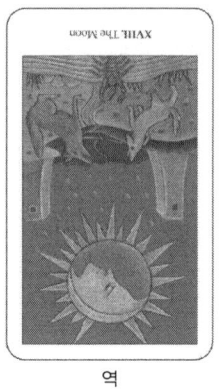 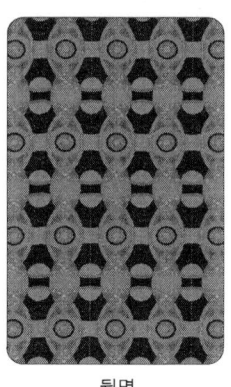

정   역   뒷면

Massage or Advice

메시지, 또는 조언 :

당신은 어떤 상황에도 적응할 수 있는 사람입니다. 그래서 어딜 가나 사랑받는 존재입니다. 당신의 문제는 당신을 부러워하는 사람들을 이해하지 못한다는데 있습니다. 당신이 할 수 있다고 모든 사람이 할 수 있는 것은 아닙니다. 당신이 부러워 당신이 미워지려고 하는 사람들도 생각 해 주세요.

Key-Word : 뜻

정— 숨겨진 적, 위험, 비방(중상모략), 암흑(흑심), 공포, 속임(기만, 현혹, 사기), 과실(죄).

역— 불안정, 변덕, 침묵(비밀엄수, 망각, 묵살), 크지 않은 사기나 죄.

태양 또는 선명함

19. The Sun

  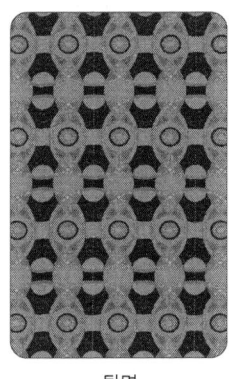

| 정 | 역 | 뒷면 |

Massage or Advice

메시지, 또는 조언 :

당신은 분명한 것과 아닌 것을 가를 줄 아는 현명한 사람입니다. 세상에는 분명하지 않은 일에 매달리는 사람들도 많은데 당신은 분명한 일에만 시간을 투자하기 때문에 결과도 좋은 편입니다. 당신은 주어진 것에 만족할 줄 아는 사람입니다. 그래서 당신은 행복합니다.

Key-Word : 뜻

정— 물질적인 행복, 운명적인 행복한 결혼, 만족함.

역— 정 방향의 뜻을 약하게 해석하거나 기대보다 부족한 상태로 해석하면 된다. 때로는 지나친 바람에 대해 충고하는 의미로 쓰이기도 한다.(예를 들면, 현재 충분히 행복한 상태임에도 불구하고 질문자는 아직 부족하다고 생각하는 경우.)

구원 또는 심판

20. Judgement

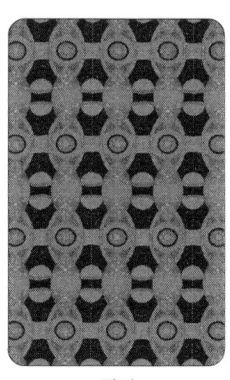

정   역   뒷면

Massage or Advice

메시지, 또는 조언 :

당신은 인내심이 좋은 사람입니다. 때가 되기를 기다리는 건 참 힘든 일이지만 당신에게는 그리 어려운 일이 아닙니다. 당신은 때가 되기 전에는 목표가 이루어지지 않는 다는 것을 잘 알고 있습니다. 가끔 사람들은 당신이 좋은 결과를 누리는 것에 대해 이상하게 여깁니다. 당신이 때를 기다리고 있다는 것을 모르기 때문이지요. 하지만 언젠가 당신의 진가를 그들도 알게 될 것입니다.

Key-Word : 뜻

정— 지위(입장, 처지, 신분)이 바뀌다. 재생(부활, 새롭게 하다), 결과 또는 성과.

역— 정 방향의 뜻을 약하게 해석하기도 한다. 이 카드에서는 때가 가까워 온 것을 의미하기도 한다.(질문자가 생각하는 때가 가까워 왔음을 의미하거나 결과가 다가오는 것으로 해석해도 무관하다.)

세계 또는 근원

21. The World

 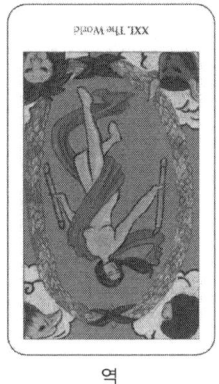 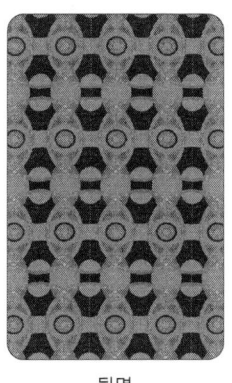

정　　　　　　　　역　　　　　　　　뒷면

Massage or Advice

메시지, 또는 조언 :

당신은 모든 것을 고려하는 깔끔한 사람입니다. 무엇도 부족하거나 지나치지 않도록 항상 조심합니다. 그래서 당신에게는 트러블이 일어나지 않습니다. 당신은 그 조화로운 마음과 분위기를 다른 사람에게도 전달할 줄 압니다. 그래서 당신은 주변사람들도 행복하게 만듭니다.

Key-Word : 뜻

정— 확실한 성공(절대 실패할 이유가 없음), 여행, 길, 이주(또는 이민), 날대(가끔은 날듯이 추격하거나 목표를 따라간다는 의미로도 사용한다.), 공간을 바꾸다.(혹은 장소나 지역을 바꾸다.)

역— 태만(부주의나 과실), 고정(부동), 정체, 영구하거나 항구적인 것.

Minor Arcana
마이너 아르카나

세계를 구성하는 4개의 국가는 각자의 속성을 가지고 있습니다. 물과 불. 바람과 흙이 그것입니다. 컵과 완즈. 소드와 펜타클은 그 속성에 따라 제한적 범위에 영향을 끼칩니다. 다른 나라에는 간섭하지 않는 것이 원칙이기 때문에 영향을 주긴 하지만 직접적인 영향은 주지 않고 그 영향도 제한적입니다. 그런데 메이저 아르카나는 4개의 국가를 지배하는 중앙통치자에 해당하기 때문에 4개의 작은 국가에 모두 영향을 주고 그 반대로 4개의 작은 국가의 상황은 중앙통치자인 메이저 아르카나에 영향을 줍니다.

그럼 4개의 국가를 살펴봅시다.

이들은 서로의 부족한 점을 채우기 위해 다른 국가와 친분을 가지고 있습니다. 어쩌면 이것은 세상을 이루는 4대 원소에 관한 이야기와도 관련이 있습니다. 불은 물을 조절할 수 있습니다. 이렇게 생각해도 됩니다. 컵에 있는 것은 막대로 저어야겠지요.

흙은 바람을 통해 운반됩니다, 이렇게 생각해도 됩니다. 돈의 약탈은 길을 통해 이루어졌습니다.

카드를 처음 받으면 순서없이 카드가 뒤섞여 있을 것입니다. 처음 사용하기 전에 모든 카드가 다 있는지 확인하고 카드의 구조를 알아보기 위해 순서대로 정렬을 해 봅시다.

마이너 수트의 순서는 칼→동전→막대→컵

1-10까지의 카드는 10, 9, 8, 7처럼 역순으로 정렬하고.

코트카드는 왕. 여왕. 기사. 시종 순서로 정렬 합니다. 정리하면

메이저→소드수트(왕→여왕→기사→시종→10→9→8→7→6→5→4→3→2→1)→펜타클수트→완즈수트→컵수트

제 **3** 장
56장의 키워드
(마이너 아르카나)

철의 나라, 칼의 나라 소드월드
Wind. Cold. Iron-소드수트

속성 : 바람.

칼의 국가에는 마주보는 사람이 없습니다. 마주보는 것이 결투를 상징하기 때문이지요. 이 수트의 지배자인 왕과 왕비조차도 서로 마주보지 않습니다. 칼을 들고 마주보는 것은 그런 의미이기 때문입니다. 이 국가의 사람들에게 중요한 것은 권력과 지배력입니다.

칼은 등장하면 한 순간에 결과가 나타납니다. 잘라지거나 그렇지 않거나 칼을 든 순간 그 결과가 나타나는 것입니다. 이 나라에는 토론이나 논쟁이 없습니다. 무기를 들고 있는 사람들에게 그런 것이 있을 리 없습니다. 다른 나라에서라면 둘이 모여 힘을 합치지만 이 나라에서는 둘이 모이면 싸움이 날 수 있기 때문에 짝수 보다는 홀수를 더 선호합니다.

타로 카드 이지 라이더

King of Swords

Queen of Swords

Knight of Swords

Page of Swords

Ace of Swords

Ten of Swords

Nine of Swords

Eight of Swords

Seven of Swords

Six of Swords

Five of Swords

Four of Swords

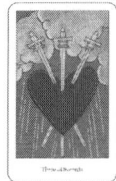

Three of Swords

Two of Swords

칼의 왕

King of Swords

 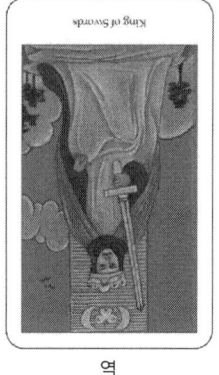 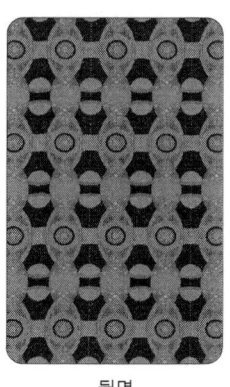

정	역	뒷면

Massage or Advice

메시지, 또는 조언 :

당신은 법을 집행하는 집행자와 같습니다. 당신은 규칙을 지킬 줄 알고 다른 사람도 당신처럼 그렇게 하기를 바랍니다. 때문에 당신은 빡빡하고 지루한 사람이라는 평가를 받을 수도 있습니다. 당신이 보기에는 답답하고 바보 같지만 어쩌겠어요. 대부분의 사람들은 당신처럼 규칙을 잘 모른답니다.

Key-Word : 뜻

정— 어떠한 일이라도 법의 테두리에서 벗어난 일이라면, 재판을 받을 것이다. 명령, 직권, 전술, 법, 집행자의 사무실, 그와 연관된 것들.

역— 잔혹, 사악, 잔인, 배신행위, 사악한 의지.

칼의 여왕

Queen of Swords

  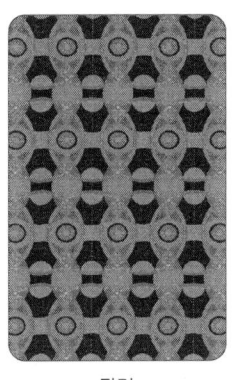

정   역   뒷면

Massage or Advice

메시지, 또는 조언 :

당신 같은 사람을 일컬어 요즘은 골드싱글이라고 한답니다. 혼자서도 충분히 잘 사는 사람이거든
요. 때로는 당신도 사람이니까 외로움도 느끼지만 당신은 강한 사람이니까 괜찮습니다. 능력 있는 사
람들은 사랑보다는 일을 좋아해도 괜찮은 시대니까요.

Key-Word : 뜻

정— 과부, 여성적인 기질의 슬픔과 가난, 방심, 빈약, 슬퍼하다, 박탈, 이별.

역— 악의, 편협, 책략, 고상한 척하기, 사기.

칼의 기사

Knight of Swords

  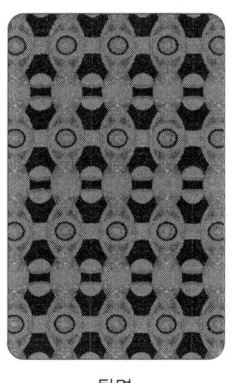

정   역   뒷면

Massage or Advice

메시지, 또는 조언 :

당신은 달리는 말과 같습니다. 쉬지 않고 앞으로 달려 나갑니다. 당신은 누구보다 빠르고 누구보다 강합니다. 목표를 정하면 다른 곳으로 눈을 돌리지 않고 끝까지 해냅니다. 당신은 그런 사람입니다. 지금까지도 그렇지만 앞으로도 당신을 가로막는 사람은 아무것도 없을 것입니다.

Key-Word : 뜻

정 – 기술, 용기, 능력, 방어, 적의, 분노, 전쟁, 파괴, 반대, 저항, 파멸.

역 – 경솔, 무능, 무절제.

칼의 소년

Page of Swords

  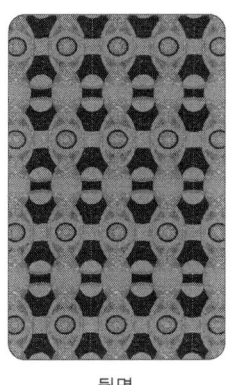

정   역   뒷면

Massage or Advice

메시지, 또는 조언 :

당신은 가끔 능력이상의 기대를 받곤 합니다. 사실 당신은 아직 완성된 능력을 가진 사람이 아닙니다. 아직 배워야 할 것이 많은 사람이지요. 당신은 좋은 스승 밑에서 충분히 배워 언젠가는 최고의 전문가가 될 것입니다. 그 때까지 지금처럼 귀를 열고 열심히 배우면 됩니다.

Key-Word : 뜻

정— 권위, 내려다보다, 비밀기관, 경계, 스파이(혹은 탐색), 테스트, 자신의 소유인지 확인하다(재능, 금권력, 혹은 인물에 대해).

역— 정 방향 해석의 나쁜 측면, 세상에 대해 준비가 되지 않은 젊은 사람, 준비가 되지 않은 상태, 가벼운 병 같은 사사로운 일들을 이야기하기도 한다.

10개의 칼

Ten of Swords

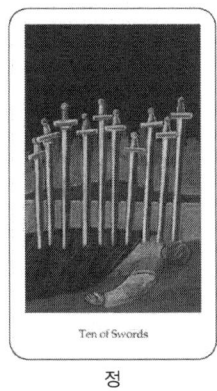  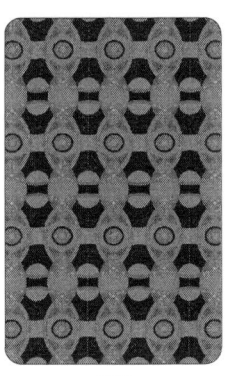

정 역 뒷면

Massage or Advice

메시지, 또는 조언 :

당신이 충분히 지쳐있다는 것을 다른 사람들은 모른다는 것은 참으로 안타까운 일입니다. 지쳐있는 당신에게 자꾸 일이 터지는 것은 그저 그런 시기이기 때문이지 당신이 잘못했기 때문은 아닙니다. 당신이 이런 일들로 인해 의기소침해 하거나 손놓고 주저앉아버린다면 당신에게 손해입니다.

Key-Word : 뜻

정— 고통, 슬픔, 황폐, 눈물.

역— 이익, 성공, 호의.(물론 정 방향 카드의 영향을 받아 영구적이거나 절대적이지 않고 변화할 수 있다. 이 모든 결과는 당신의 권위와 능력에 달려 있다.)

9개의 칼

Nine of Swords

정

역

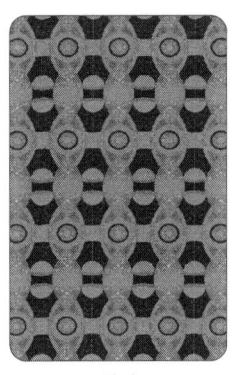

뒷면

Massage or Advice

메시지, 또는 조언 :

생각이 많은 것은 좋은 것입니다. 당신은 충분히 생각할 줄 아는 장점을 가지고 있습니다. 다른 사람들은 그것이 지나치다고 생각할 수도 있지만 결국 나중에는 당신이 옳다는 것을 알게 될 것입니다. 물론 그때까지 당신은 고통을 겪고 실수가 아니었을까 고민하게 될지도 모릅니다.

Key-Word : 뜻

정— 죽음, 실패, 실패, 지연, 속임, 실망, 절망.

역— 감금, 혐의, 의심에 대해 두려워하다, 부끄러움.

8개의 칼

Eight of Swords

  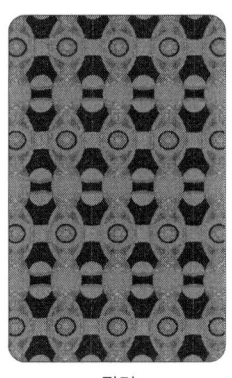

정 역 뒷면

Massage or Advice

메시지, 또는 조언 :

당신은 당신을 둘러싸고 있는 음모와 협잡과 당신을 방해하는 모든 것들에 대해 잘 알고 있습니다. 그래서 당신이 아무것도 해서는 안 된다는 것도 잘 알고 있습니다. 이럴 때 뭔가 한다면 결국 좋지 못한 결과로 인해 당신의 실망이 더욱 커질 것도 잘 알고 있습니다. 그래도 손놓고 기다릴 순 없으니 무엇을 우선직으로 해야할 시 고민해 봅시다.

Key-Word : 뜻

정— 나쁜 소식, 격렬한 노여움, 위기, 비난, 강한 힘을 가진 장애물, 투쟁, 비방, 질병.

역— 불안, 어려움, 반대, 사고, 배반, 상황을 예측하지 않는 태도, 불운.

7개의 칼

Seven of Swords

 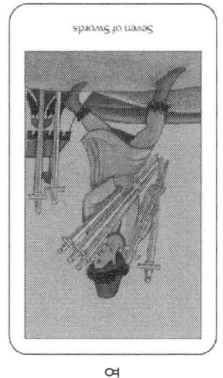 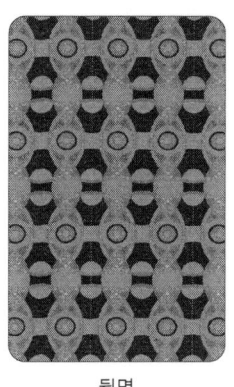

정   역   뒷면

Massage or Advice

메시지, 또는 조언 :

2개쯤 버려도 다섯 개가 있으면 된다는 긍정적인 생각을 가진 당신은 100%를 향해 도전할 필요가 있습니다. 물론 당신은 모든 것을 필요하지 않지만 다른 사람들은 당신이 조금 더 가져야 한다고 생각합니다. 다른 사람들은 당신이 모든 일을 하다 말아버린다고 생각할 지도 모릅니다. 자 노력해봐야겠지요?

Key-Word : 뜻

정— 디자인, 시도, 소원, 희망, 신용, 싸우다, 불쾌감을 일으킬 만한 실패할지도 모르는 계획.

역— 친절한 충고, 상담, 훈련, 중상모략(비방), 쓸데없는 수다.

6개의 칼

Six of Swords

  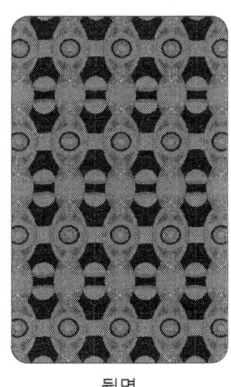

정   역   뒷면

Massage or Advice

메시지, 또는 조언 :

남에게만 좋은 일을 해왔다고 느낀다면 당신은 지금 하는 일을 그만 할 때가 되었다는 뜻입니다.

당신은 매일 똑같은 일을 하는 직장생활에도 잘 적응할 수 있는 사람입니다. 그러니까 무엇을 하든 괜

찮습니다. 지금까지 시도해보지 않은 일을 하는 것도 괜찮은 방법입니다.

Key-Word : 뜻

정— 뱃길의 여행, 항로, 길을 즐겨라(가는 길은 선원에게 맡기고), 적당한 위치, 시간.

역— 공표, 자백, 평판, 이러한 행위는 사랑에 관한 내용이다.

5개의 칼

Five of Swords

  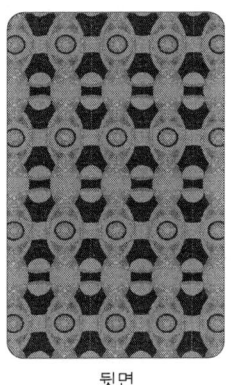

| 정 | 역 | 뒷면 |

Massage or Advice

메시지, 또는 조언 :

아무리 많은 것을 가지고 있어도 그것을 보아 줄 사람이 없다면 무슨 소용이 있을까요. 당신이 왕이라고 해도 신하가 등을 돌리고 있다면 왕의 대접을 받지 못하는 것과 같습니다. 당신은 지위에 맞는 명예를 회복할 필요가 있습니다. 당신의 지위에 맞는 명예를 되찾을 수 있도록 당신의 신하들을 잘라 버리고 새로 뽑거나 아니면 왕의 자리를 박차고 평민이 되는 것입니다.

Key-Word : 뜻

정— 좌천, 파괴, 악명, 불명예, 손해

역— 정의 위치를 기본으로 포함하며 묘지, 장례식이라는 뜻도 있다.

4개의 칼

Four of Swords

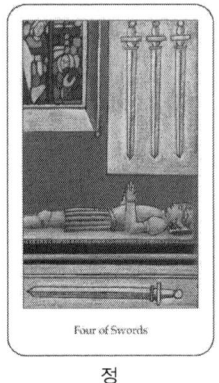 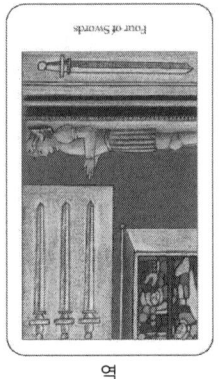 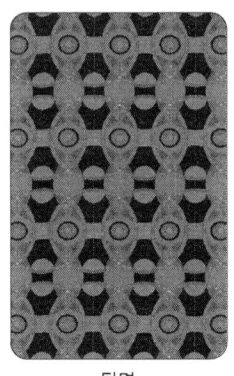

| 정 | 역 | 뒷면 |

Massage or Advice

메시지, 또는 조언 :

특별한 문제는 없지만, 그렇지만 특별하게 잘 되어가는 일도 없습니다. 달려 나가야 할 길도 보이지 않고 해야 할 일도 딱히 없습니다. 지루하다고 생각할 지도 모르지만 이럴 땐 쉬는 것이 좋습니다. 이왕이면 이런 느슨하고 평온한 휴식시간에 그냥 잠만 자는 것 보다는 명상을 하면서 자신의 장단점에 대해서 생각해 보는 것이 좋을 것입니다..

Key-Word : 뜻

정— 경계하라, 조심하라, 퇴각하는 것이 좋다, 은거, 수행자의 휴식, 추방자, 무덤과 관.

역— 지혜로운 통치자, 신중함, 절약 또는 그 반대의 탐욕, 사전대응, 유서.

3개의 칼

Three of Swords

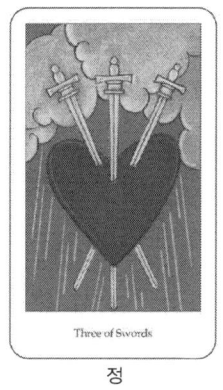 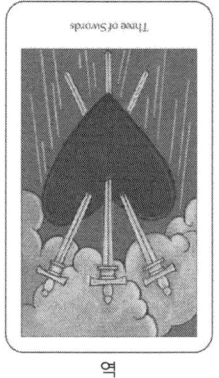 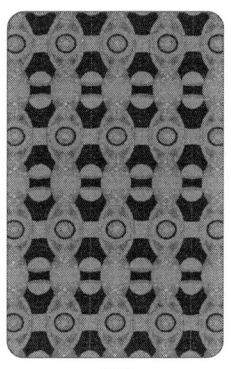

정   역   뒷면

Massage or Advice

메시지, 또는 조언 :

고통이나 절망은 상대적입니다. 당신이 느끼는 것은 항상 최고조에 달해있고 참을 수 없을 만큼 이
라고 생각하게 됩니다. 하지만 절대적으로 그것을 다른 사람들의 일과 비교했을 때 당신의 심장의 두
근거림은 확실히 평정심을 찾게 될 것입니다. 현재상황은 완벽한 당신의 일상에 약간의 장애물일 뿐
이니까요.

Key-Word : 뜻

정— 제거, 부재, 지연, 분할, 파열, 분산, 카드에 그려진 상징이 뜻할 수 있는 모든 것.

역— 정신적인 소외감, 잘못, 분실, 실수, 혼란, 정신이 산만하다.

2개의 칼

Two of Swords

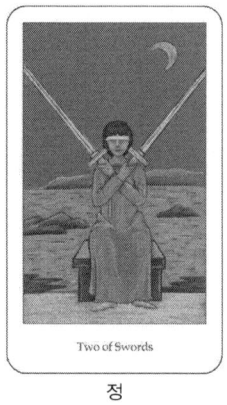
정

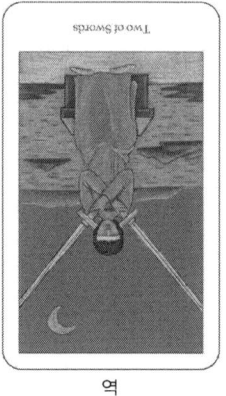
역

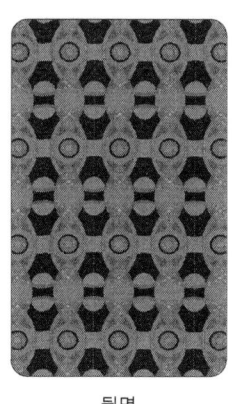
뒷면

Massage or Advice

메시지, 또는 조언 :

당신은 어쩌면 똑같은 것을 두개 놓고 고민하고 있는지도 모릅니다. 양쪽이 별다르지 않다는 걸 잘 알고 있을 때 사람은 더 많이 고민하는 법입니다. 당신의 문제는 고민의 시간이 지나치게 길다는 점입니다. 당신의 고민이 끝났을 때쯤에는 모든 시간은 끝나고 당신이 할 수 있는 일은 얼마 남지 않았을지도 모른다. 좀더 빠르게 움직인다면 당신은 해낼 수 있습니다..

Key-Word : 뜻

정— 평형에 적합한 것을 제안하다(누구에게나 공평한 것을 제안하다.), 용기, 친구로서의 사귐, 친선협약은 두 팔 안에 있다(자신의 권리 내에 있다), 애정, 친교.

역— 사기, 거짓말, 일구이언, 불신.

첫 번째 칼

Ace of Swords

  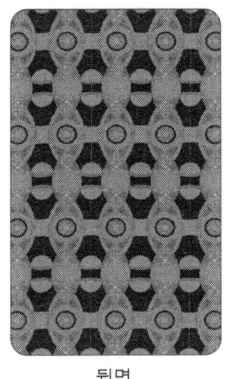

정   역   뒷면

Massage or Advice

메시지, 또는 조언 :

자 정복자가 될 시간. 당신이 휘두른 칼에 몇쯤 쓰러져 버려도 상관없습니다. 칼이 원래 당신의 것이 아니었어도 괜찮습니다.. 지금은 당신의 손으로 그것을 잡고 있으니까요. 지금은 당신에게 힘이 있으니 걱정할 필요가 없지요. 단 그 시간이 짧을 수도 있으니 칼을 휘두르기 전에 생각을 먼저 하는 것이 좋을 것입니다.

Key-Word : 뜻

정— 승리, 과도함(재력, 권위 등에 있어서 포화상태를 넘어선 것), 정복, 힘으로 정복하는 것 이것은 힘에 대한 카드이며 질투를 포함한 사랑에 관한 카드이기도 하다.

역— 착상(새로운 아이디어), 출산, 증가되거나 다양하게 변화하는 것.

땅의 나라, 금의 나라. 펜타클월드
Land. Gold. Star- 별 수트

속성 : 땅.

땅의 나라는 추수를 하는 곳입니다. 원석에서 다이아몬드를 캐내고. 벼가 다 익은 너른 벌판에서 타작을 하지요. 이곳의 사람들은 항상 바쁘고 자기 일을 하느라 다른 사람을 신경 쓸 여력이 없습니다. 이 곳의 사람들은 노력의 결과를 중요하게 생각합니다.

땅의 나라는 무슨 일을 하든 장기전입니다. 결과가 빨리 나타나지 않기 때문에 과연 결과가 나타날까 하는 의심이 생길수도 있습니다. 이 나라에서는 나누어 주고 함께 즐기지만 남의 것에 탐을 내거나 남의 것을 빼앗지는 않습니다.

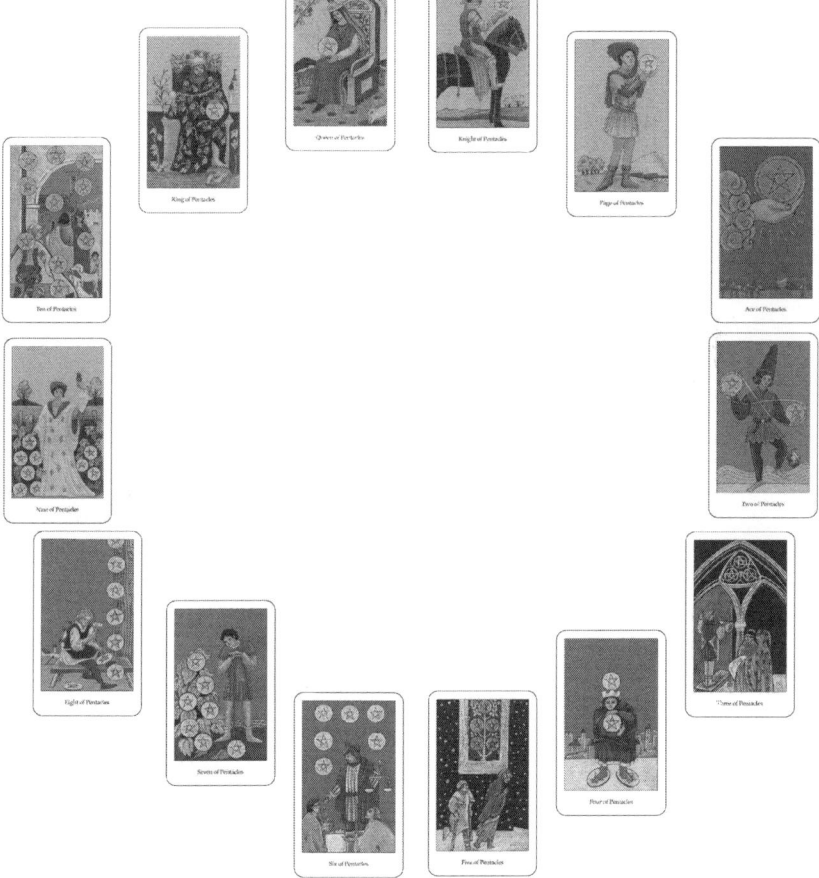

제3장 56장의 키워드, 마이너 아르카나

별의 왕

King of Pentacles

정

역

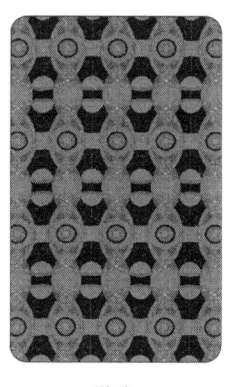
뒷면

Massage or Advice

메시지, 또는 조언 :

당신의 별을 어디에 둘 것인가. 당신의 재능을 어디에 쓸 것인가. 당신의 고민은 자신에 관한 것입니다. 당신이 고민에 빠져있는 사이 당신 주변의 상황이 변화하고 있습니다. 그 영향이 당신을 괴롭게 할 수도 있고, 당신은 약간의 편견을 가지고 있습니다. 어쩌면 당신의 좋은 머리로 편견의 해결책노 찾을 ✦ 있을시 노릅니다.

Key-Word : 뜻

정― 용기, 지성, 사업적이거나 일반적인, 지적인 재능, 가끔은 꼭 들어맞는 선물, 성공의 길.

역― 악덕함, 약함, 추함, 심술궂음, 수패, 위험.

별의 여왕

Queen of Pentacles

  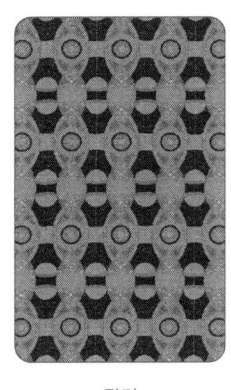

정   역   뒷면

Massage or Advice

메시지, 또는 조언 :

당신의 별은 거울과 같습니다. 당신의 모습을 보여주지요. 거울 바깥은 벌써 가을이 되어 꽃과 나무는 열매 맺을 준비가 되어 있습니다. 당신이 자리에서 일어나 손을 내밀어 따기만 하면 됩니다. 별을 쥐고 있는 당신은 그것을 안전하게 보관하고 있습니다. 언제 사용할지 결정 할 때도 되지 않았나요?

Key-Word : 뜻

정— 풍부한, 아량 있는, 장엄한, 안전한, 자유.

역— 사악, 혐의, 두려움, 미결, 불신.

별의 기사

Knight of Pentacles

  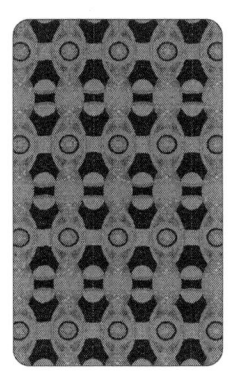

정   역   뒷면

Massage or Advice

메시지, 또는 조언 :

당신의 의지는 확고하지 않지만 당신은 의무적으로 해야 할 일을 피하지 않는 현명한 사람입니다. 당신은 정직하게 책임을 다하려고 노력합니다. 내키지 않는 일이라고 할지라도 포기하지 않습니다. 당신은 여러 가지 면에서 쓸모 있는 사람입니다. 말꼬리를 잡아야 할지 당신이 별을 잡아야 할시 선택할 수 있는 순간에 팅신는 부기력해 질 수도 있습니다. 당신은 때를 놓치지 않아야 합니다.

Key-Word : 뜻

정— 유용함, 쓸모 있음, 흥미, 책임, 정직.

역— 관성, 나태, 평온함, 부주의.

별의 소년

Page of Pentacles

  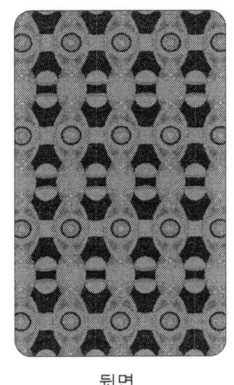

정 　　　　　　　　 역 　　　　　　　　 뒷면

Massage or Advice

메시지, 또는 조언 :

당신은 심각한 표정으로 고민하고 있습니다. 별은 당신에게 무겁고 가야할 길은 너무 멀기 때문입
니다. 당신의 재능도 그러합니다. 당신은 아주 길고 험난한 여정을 끝내야만 그동안의 고생을 보상받
을 수 있는 어렵고 재미없는 일에 재능을 가지고 있습니다. 당신이 선택한 것은 바로 그것입니다.

Key-Word : 뜻

정— 적용, 학문, 반사, 연구, 또 다른 뜻으로는 소식이나 지배자의 명령을 가져온다는 뜻도 있다.

역— 방탕, 낭비, 관용, 사치, 나쁜 소식.

10개의 별

Ten of Pentacles

  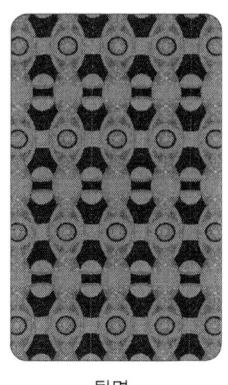

| 정 | 역 | 뒷면 |

Massage or Advice

메시지, 또는 조언 :

당신은 벌써 모든 것을 완성했습니다. 가족. 명예. 직업적 지위. 당신이 계획한 모든 것이 이루어졌기 때문에 이 카드에서 당신은 관찰자입니다. 다른 사람들이 당신과 같은 위치에 오를 때 까지 지켜봐 주고 도와줄 생각이지요. 당신이 보는 광경은 어떤가요. 충분히 마음에 드는 장면인기요?

Key-Word : 뜻

정— 기쁨, 가문, 새로운 가족.

역— 위험한 경기, 때로는 선물이나 결혼 지참금, 연금을 말하기도 한다.

9개의 별

Nine of Pentacles

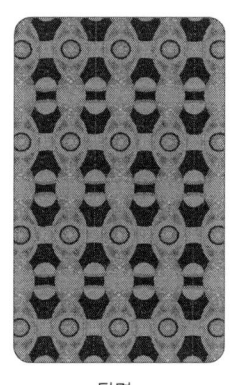

정	역	뒷면

Massage or Advice

메시지, 또는 조언 :

당신은 신중한 사람입니다. 다 익은 것처럼 보이는 포도를 보고도 단내가 날 때까지 추수를 미룰 수 있는 사람입니다. 훌륭한 포도주를 만들기 위해서는 완벽한 상태의 포도가 필요하니까요. 당신의 앵무새는 어떠한가요? 당신을 배신하지 않을 만큼 충분하게 길들여져 있나요? 아닐지도 모릅니다. 당신의 추수는 아직 끝나지 않았습니다.

Key-Word : 뜻

정— 신중, 확신, 안전, 성공, 식별력.

역— 장난, 속임(기만), 무효화된 계획, 잘못된 신뢰.(가끔은 사이비 종교를 말하기도 한다.)

8개의 별

Eight of Pentacles

 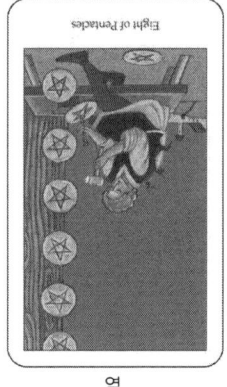 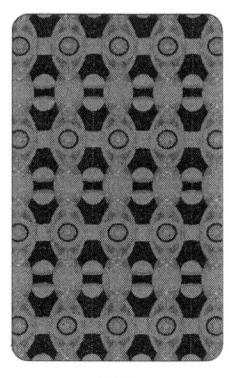

정   역   뒷면

Massage or Advice

메시지, 또는 조언 :

당신은 물질의 근원을 잘 알고 있습니다. 충분히 원래의 모습으로 되돌릴 수 있는 능력을 가지고 있지요. 아니 눈으로 보는 모습이 아니라 물질 근원의 자세를 말합니다. 당신은 올바른 도구를 가지고 있고 올바른 방법으로 조각해 냅니다. 그 결과물이야 말할 필요 없이 훌륭할 것인ㅣ다.

Key-Word : 뜻

정— 작업, 고용되다, 임무(혹은 직업), 장인의 솜씨, 직업적인 기술.

역— 실패한 야망, 허영심, 탐욕, 고리대금, 강제징수.

7개의 별

Seven of Pentacles

  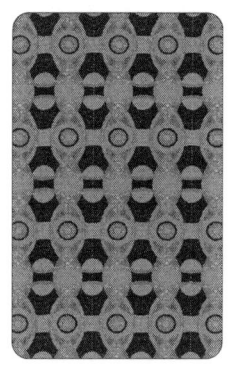

정   역   뒷면

Massage or Advice

메시지, 또는 조언 :

당신은 모든 것을 조절할 수 있기 때문에 동떨어진 것을 그 자리에 내버려 둘 수 있는 사람입니다. 단지 눈에 거슬리는 것 뿐 이지요. 일곱 개가 모두 당신의 것이라는 것이 중요합니다. 조금 동 떨어져 있어도 당신의 것이니까 거슬려도 그 자리에 두어도 괜찮습니다. 옮겨 심었다가 포도나무가 죽어버리면 당신의 것이 줄어들 테니까요.

Key-Word : 뜻

정— 돈이나 사업, 무역, 물물교환, 논쟁, 무지함, 창의력, 숙청.

역— 돈과 연관된 걱정.

6개의 별

Six of Pentacles

  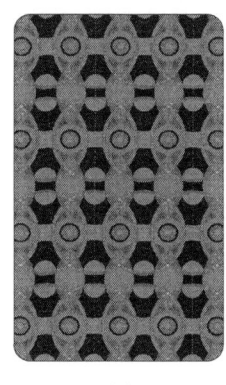

정 역 뒷면

Massage or Advice

메시지, 또는 조언 :

당신이 일하고 있는 곳에 몰려든 거지와 불쌍한 사람들은 충분한 도움을 받을 것입니다. 당신이 들고 있는 저울은 충분히 나누어 주기 위해서가 아니라 최소한의 것을 나누어주기 위함입니다. 최소의 것을 나눔으로 인해 당신의 부를 지킬 수 있다는 것을 당신은 잘 알고 있으니까요.

Key-Word : 뜻

정— 현재(시간적으로), 선물, 큰 기쁨, 또 다른 뜻으로는 주의를 끌다, 경계하다, 바로 기다리던 시간, 현재 지니고 있는 번영과 그 밖의 것들.

역— 욕망, 탐욕, 질투, 시샘.

5개의 별

Five of Pentacles

  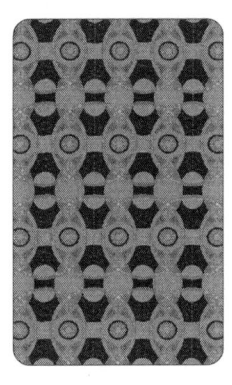

정   역   뒷면

Massage or Advice

메시지, 또는 조언 :

모든 것을 가지고 있어도 다 가지고 있지 못하다고 생각하면 당신에게는 부족합니다. 당신이 지나치고 있는 것들은 당신이 가졌어야 하는 것들이고 당신이 포기한 것들은 당신에게 필요한 것들입니다. 당신은 안타깝게도 선택의 문제가 있습니다. 가장 필요한 것이 아니라 필요하지 않은 것들을 선택하고 있습니다. 선택의 문제에 대해서 생각이 좀 필요합니다.

Key-Word : 뜻

정— 문제가 될 수 있는 모든 사건, 중요한 문제들, 사랑이나 연인과 연관 있는 모든 것들, 남편, 친구, 인척.

역— 무질서, 혼돈, 부조화, 방탕.

4개의 별

Four of Pentacles

 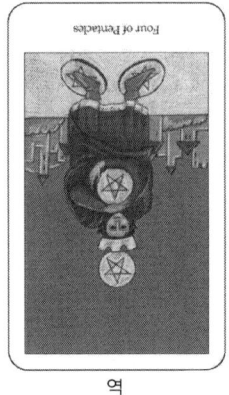 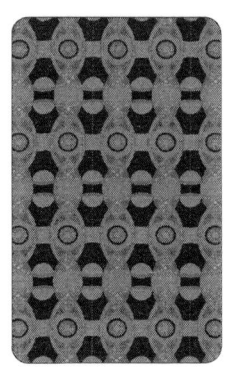

정　　　　　　　　역　　　　　　　　뒷면

Massage or Advice

메시지, 또는 조언 :

당신은 가진 것들로 인해 경직되어 있습니다. 다른 것을 볼 수도 없고 다른 것을 쥘 수도 없습니다. 당신이 가진 것들로 인해 당신이 불편함을 느낀다는 것을 깨달을 필요가 있습니다. 물론 지금 가진 것들도 매우 훌륭하기 때문에 다른 것을 가질 필요가 없습니다만 인간이란 가진 것이 무엇이냐는 나중에는 더 큰 것을 바라기 마련이니까요.

Key-Word : 뜻

정— 그가 완벽하게 소유하고 있는 것, 그가 고수하고 있는 재산, 선물, 유산, 상속재산.

역— 미결, 지연, 반대.

3개의 별

Four of Pentacles

  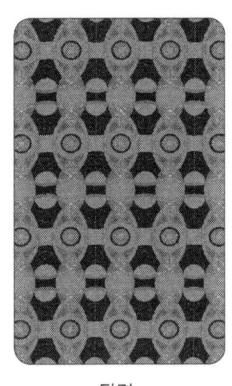

정   역   뒷면

Massage or Advice

메시지, 또는 조언 :

당신은 충분히 준비되어 있기 때문에 당신의 별을 얼마든지 늘려나갈 수 있습니다. 당신의 인내심과 시간이 필요한 상황은 견뎌낼 수 있을 것입니다. 당신은 스스로의 장점을 잘 알고 있습니다. 당신은 할 수 있는 것들을 계속해서 상황을 개선시켜 나갈 것입니다. 때가 되면 선택할 필요가 없을 정도로 많은 것을 가질 수 있다는 것을 잘 알고 있으니까요.

Key-Word : 뜻

정— 직업, 흥정, 숙련된 노동, 보통은 고귀함, 상류계급, 유명인사, 영광.

역— 단순노동, 때로는 유치함, 시시함, 약함.

2개의 별

Two of Pentacles

  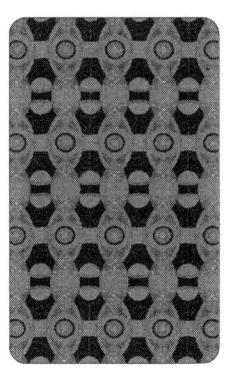

정   역   뒷면

Massage or Advice

메시지, 또는 조언 :

당신의 기술은 실용적이 아닐지도 모릅니다. 당신을 즐겁게 하고 다른 사람들을 행복하게 해주지만 당신에게 돈이나 명예를 주는 것은 아니니까요. 하지만 당신의 끊임없는 재능은 실생활에는 오히려 방해가 될 수도 있습니다.

딩신의 새미있는 행동이 어울리지 않는 장소에 머물러야 한다면 얼마 안되어 당신이 문밖으로 쫓겨날 수도 있으니까요. 쫓겨나고 싶은가요?

Key-Word : 뜻

정— 유쾌함, 기분 좋음, 장애, 뒤섞임, 혼란.

역— 강제로 들뜬 모습을 보이게 하다, 융통성 없음, 유쾌함을 흉내 내다, 서체, 작문법, 교환편지.

첫 번째 별

Ace of Pentacles

  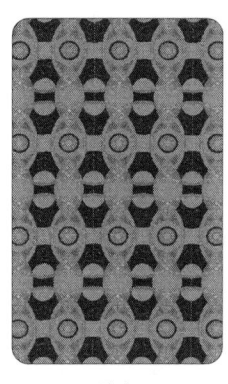

정   역   뒷면

Massage or Advice

메시지, 또는 조언 :

당신은 안정적으로 당신의 별을 가지고 있습니다. 당신이 지켜보고 있는 모든 것들은 당신에게 주어질 것입니다.

당신의 재능은 뚜렷합니다. 당신은 모든 것을 성공으로 이끄는 재능을 가지고 있습니다.

Key-Word : 뜻

정— 이상적인 만족, 경사(기쁜 일), 대단한 행복, 무아지경, 빠른 이해, 금.

역— 타락한 부, 잘못된 지혜, 지나친 부.

땀과 노력의 나라, 힘의 나라. 완즈월드
- 장대수트

속성 : 불.

이 나라의 사람들은 대단합니다. 시간이 많이 걸리고 오래 참아야 하는 일들을 해내는 사람들이지요. 자기 능력보다 더 큰일이 주어져도 거부하는 법이 없습니다. 언제나 해내지요.

합심하거나 경쟁하거나 때로는 연극을 벌이기도 하지만 사람들은 함께 모든 것을 해냅니다. 이 나라의 사람들은 단체생활을 즐깁니다. 무엇보다도 모이면 더욱 강해지는 이 나라의 사람들에게 개인보다는 단체가 중요합니다. 숫자가 커지면 커질 수록 그 대답도 커집니다.

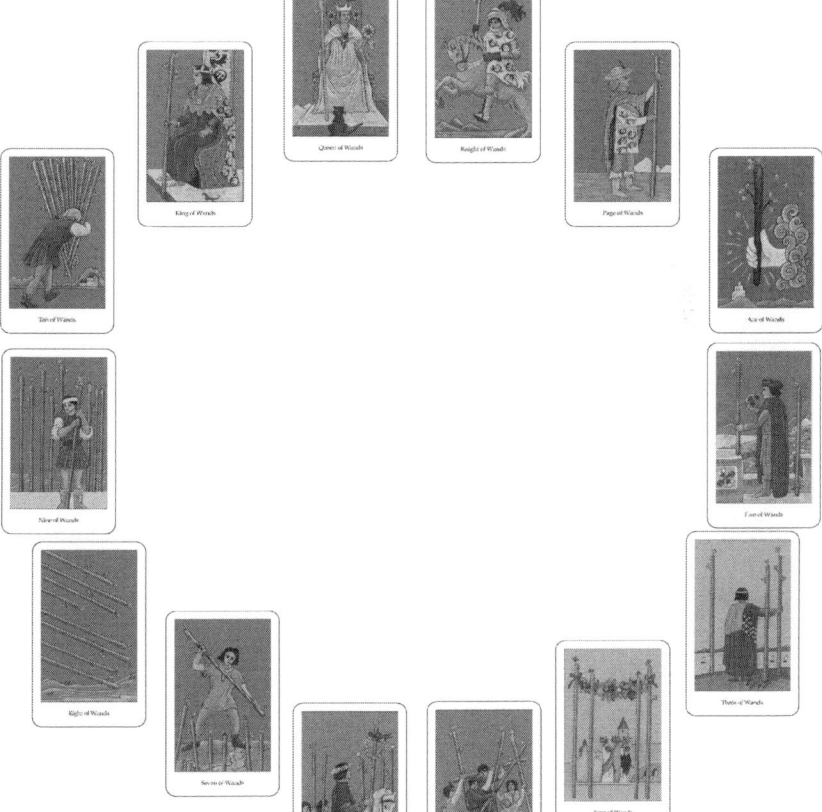

장대의 왕

King of Wands

  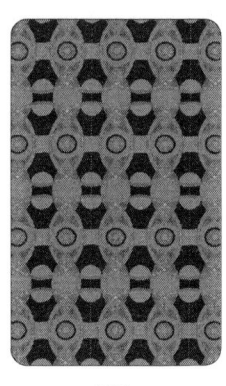

정   역   뒷면

Massage or Advice

메시지, 또는 조언 :

당신은 침묵하고 있습니다. 말로 표현하는 것이 대부분의 상황에서 도움이 되지 않는다는 것을 잘 알고 있기 때문입니다. 입을 다물고 이야기를 들어준다면 대부분의 사람들이 당신을 믿고 의지한다는 것을 당신은 잘 알고 있기 때문에 그렇게 하는 것입니다,

Key-Word : 뜻

정― 음울한 남자, 호의적인, 동포(같은 지역 출신자 중에서 남자), 널리 알려진 결혼, 공정하고 성실한 사람.

역― 만족할 만한 그러나 근접하기 어려운, 엄숙한, 너그러움이 부족한.

장대의 여왕

Queen of Wands

 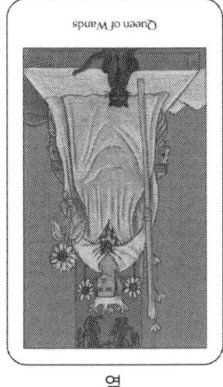 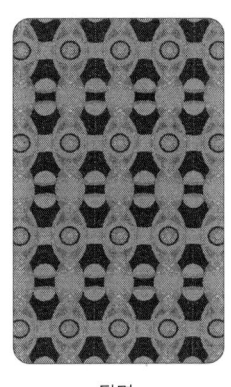

정 역 뒷면

Massage or Advice

메시지, 또는 조언 :

당신은 앞으로 벌어질 일을 보여주고 있습니다. 꽃은 더욱 활짝 피어나 열매를 맺고 더 많은 꽃을 피우게 될 것입니다. 당신은 그것을 말하고 싶어 합니다. 더욱 많은 것. 더욱 근사한 것. 더욱 멋진 것을 가지고 싶어 하는 당신의 욕구는 만족될 것입니다.

Key-Word : 뜻

정— 음울한 여자, 동포(같은 지역 출신자 중에서 여자), 호의적인, 정숙한, 상냥한, 고결한, 가까이 있는 남자를 나타내기도 한다.(만약에 질문자가 남자이고 여성에 대해서 물었다면 그 여성은 질문자를 느끼고 있다.) 물론, 물질적 욕구를 상징하기도 한다.

역— 만족할 만한, 경제적인, (타인에게)친절한, 실용적인, 그러나 때로는 기만과 불신을 상징하기도 한다.

장대의 기사

Knight of Wands

  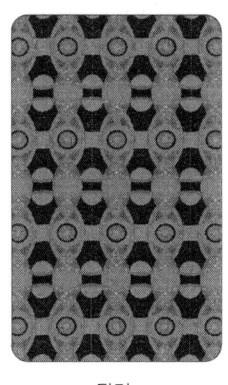

정 역 뒷면

Massage or Advice

메시지, 또는 조언 :

입 다물고 달려가긴 하지만 당신은 불만을 가지고 있습니다. 좀더 좋은 상황을 만들고 싶어 하지만 주변에서 도움을 주지 않아서 기분이 좋지 않습니다. 당신에게 친구가 부족하기 때문에 조금만 친밀하게 대하면 당신이 넘어가 버리는 건 앞으로도 당신에게 약점이 될 거입니다.

Key-Word : 뜻

정― 출발, 불참(부재중), 비행하다, 이주하다(이민), 음울한 청년, 친밀함, 주소를 옮기다.

역― 불화, 분할(분리), 차단, 내분.

장대의 소년

Page of Wands

정

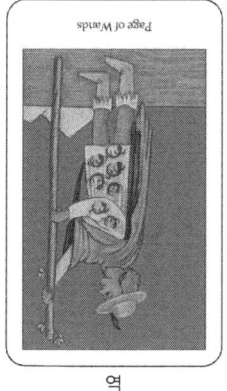
역

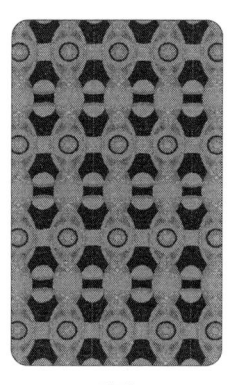
뒷면

Massage or Advice

메시지, 또는 조언 :

당신은 장대의 길이를 가늠하고 있습니다. 그것이 당신이 사용하기 충분할 만한 길이가 되는지 충분한 두께를 가지고 있는지 확인한 다음에야 당신은 그것을 사용할 것입니다. 당신의 신중함이 일을 망치기도 합니다. 문제는 없습니다. 대부분의 경우에 신중함은 일을 성공으로 이끄니까요.

Key-Word : 뜻

정— 어두운 청년, 성실한, 연인, 외교관, 우편배달부, 가까이에 있는 남자.(그는 옆에서 긍정적인 대답을 불러낼 것이다. 만약 그가 소년 컵 카드 다음에 위치한다면 그는 위험한 경쟁자를 상징한다. 그는 완즈 슈트를 대표하는 성격을 가지고 있다.)

역— 일화(기담), 공표(또는 통지서), 나쁜 소식, 또 그는 우유부단과 불안정함을 가지고 있다.

10개의 장대

Ten of Wands

  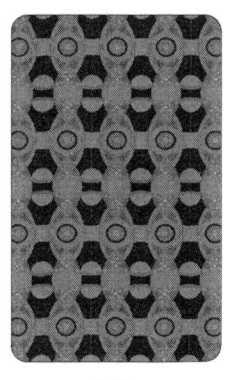

정 역 뒷면

Massage or Advice

메시지, 또는 조언 :

당신은 다른 사람보다 열배의 일을 견뎌 낼 수 있을 정도로 능력 있는 사람입니다. 운명의 신은 견
딜 수 있을 만큼만 인간에게 운명을 배정한다고 합니다. 그런 의미에서라면 당신은 대단한 능력자입
니다. 아무도 해낼 수 없는 일을 당신은 해낼 것입니다.

Key-Word : 뜻

정— 조화롭지 못한 상황, 운명적 상황(손실을 초래하거나 손해를 입을 수 있으며 반대로 성과를
얻을 수도 있다.), 이익이나 소득, 배신, 드러나지 않은 것, 그는 목적지에 도달하면 그가 짊어진 것(그
가 내포하고 있는 문제)로 인해 고민하게 될 것이다.(만약 이 카드의 뒤에 나인 소드 9번 카드가 자리
잡게 된다면, 지금의 일은 어리석은 것이며 법률적인 문제나 손실은 어쩔 수 없는 사실이 될 것이다.)
역— 상반되는 사실, 어려움(곤란함), 책략으로 성과를 얻다, 그것과 유사한 것들.

9개의 장대

Nine of Wands

 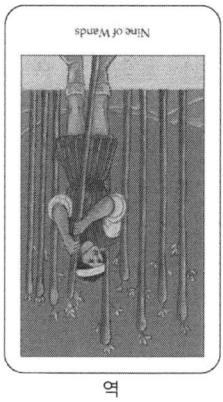 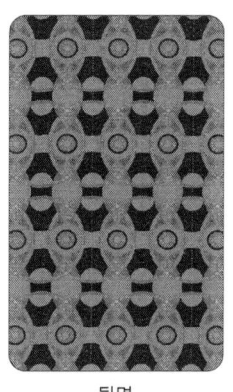

정   역   뒷면

Massage or Advice

메시지, 또는 조언 :

당신은 선택할 줄 아는 사람입니다. 현재 당신의 상태가 모든 것을 해낼 수 없다는 것을 스스로 알고 하나만을 선택하는데 성공했습니다. 하나 만을 선택했기 때문에 결과를 빨리 얻을 수는 없겠지만 분명한 결과를 얻을 수는 있을 것입니다.

Key-Word : 뜻

정— 이 카드는 저항할 수 있는 용기를 나타낸다. 만약 공격당하게 된다면 그는 맹렬하게 저항할 것이다. 이것은 매우 중요한 일들(그것과 연관된 것들)이 연기되거나 정지되는 것을 이야기한다.

역— 장애(또는 방해물), 불행, 재난.

8개의 장대

Eight of Wands

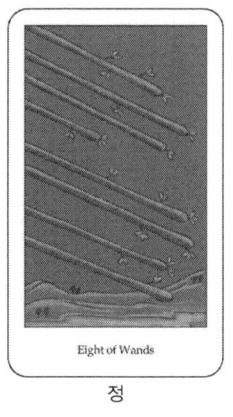 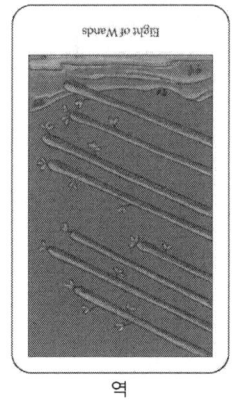 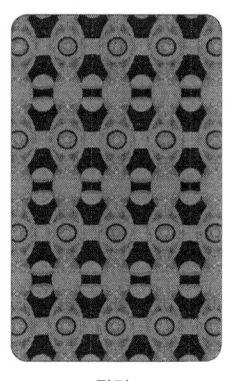

정   역   뒷면

Massage or Advice

메시지, 또는 조언 :

당신이 차례로 던져 올린 장대들이 하늘로 날아오르고 있습니다. 어깨에 짊어지고 걸어가는 것보다 멀리 던지는 것이 빠르니까요. 당신의 심장은 흥분으로 빠르게 뛰고 있습니다. 당신에게는 무엇보다 지금이 중요합니다. 결과는 그리 중요하지 않습니다.

Key-Word : 뜻

정— 사업을 떠맡다, 과거에 진행된 사업, 빠른(혹은 재빠른), 빠른 메신저, 굉장히 서두르다, 커다란 희망, 이 신속함은 앞으로 다가올 대단한 행복을 약속하는 것이다, 일반적으로 움직이는 것들을 상징한다(때로는 사랑의 화살 같은).

역— 질투의 화살, 본질적인 논쟁, 양심에 관계되는 가시 있는 논쟁이 계속되다.

7개의 장대

Seven of Wands

 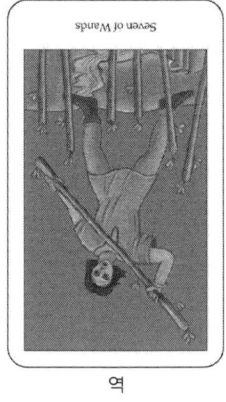 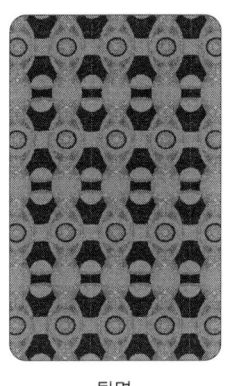

정   역   뒷면

Massage or Advice

메시지, 또는 조언 :

당신은 장애물을 해결하기 위해 노력하고 있습니다. 길조차 평탄하지 않고 당신의 발아래에는 물이 흐릅니다. 발을 삐끗하면 그대로 낭떠러지로 떨어질지도 모르는 당신에게 장애물이 너무 강해 보이는 것은 당연합니다. 그러나 이것은 인생에서 연습에 불과합니다.

Key-Word : 뜻

정— 지적인 수준을 상승시키는데 필요한 논쟁, 말다툼, 사업적인 협상, 무역전쟁(서로의 수익을 높게 잡기 위한 계약상의 논쟁), 무역, 경쟁사(혹은 경쟁자, 물론 이 카드는 예상한 것보다 큰 성공을 이야기한다.), 그는 이미 상위에 위치해 있고 경쟁자는 그를 이길 수 없다.

역— 혼란(분규), 방해, 고민(근심거리).

6개의 장대

Six of Wands

  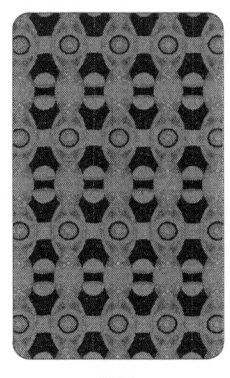

정   역   뒷면

Massage or Advice

메시지, 또는 조언 :

당신은 지금 돌아갑니다. 다른 사람들도 당신을 기꺼이 환영할 것입니다. 당신이 승리자가 아니라
고 해도 괜찮습니다. 이제 다 끝났고 당신은 살아남았습니다. 그러니 조금만 버티면 당신은 편안히 쉴
수 있을 것입니다.

Key-Word : 뜻

정— 불안, 공포, 이미 승리를 거둔 적을 맞이하는 불안, 적에게 열려 있는 문,

역— 불안과 공포, 그리고 저항할 수 없는 압박감.

5개의 장대

Five of Wands

 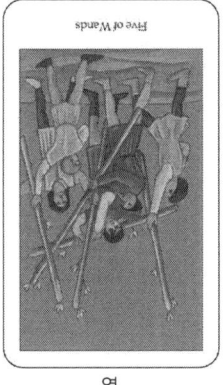 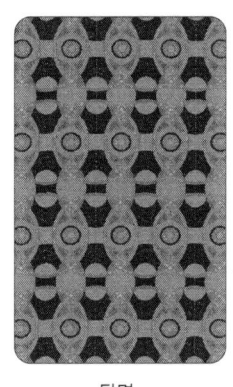

정   역   뒷면

Massage or Advice

메시지, 또는 조언 :

당신은 지금 배우는 중입니다. 당신이 실수를 하거나 잘 모를 때는 선생님이나 선배가 도와줄 준비
가 되어있는 안전한 공간에서 당신은 배우고 언젠가 당신이 독립할 때를 기다립니다. 당신은 지금 노
력한 만큼 충분히 시간이 지난 다음에 좋은 결과를 얻게 될 것입니다.

Key-Word : 뜻

정— 가짜, 모의전투, 그들의 운명과 부를 위해 맞붙는 사람들을 이야기한다. 때문에 이 카드는 부,
이익, 풍요를 상징한다.

역— 소송, 논쟁, 사기. 모순.

4개의 장대

Four of Wands

  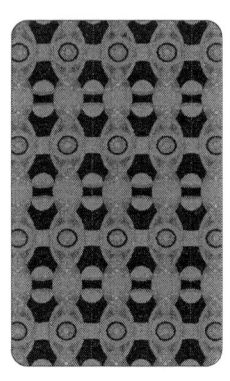

정   역   뒷면

Massage or Advice

메시지, 또는 조언 :

당신은 새 집을 지을 수 있는 4개의 축대를 완성하였습니다. 당신은 모든 것이 준비되어야 일을 시
작하는 준비성이 철저한 사람입니다. 준비한 만큼 결과가 좋아진 다는 것을 아는 현명한 사람이기 때
문입니다. 지금은 다른 일을 준비하는 과정입니다. 과정을 즐길 줄 아는 당신은 지금도 평화로움을 느
끼고 있습니다.

Key-Word : 뜻

정— 외면적으로는 평온한 시골의 삶, 휴식, 일치, 조화, 번영, 평화, 이 모든 것들은 완벽한 한 시기
를 보여주고 있다.

역— 역으로 된다고 해도 뜻은 변하지 않고 번영, 증가, 경사, 아름다움, 장식을 상징하고 있다.

3개의 장대

Three of Wands

 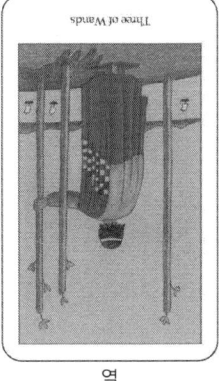 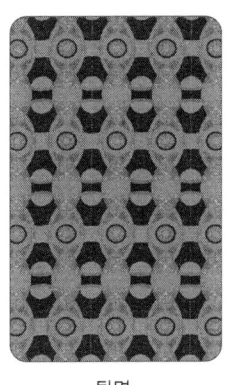

정   역   뒷면

Massage or Advice

메시지, 또는 조언 :

당신은 막대를 넘겨줄 누군가를 기다리고 있습니다. 대단할 것도 없지만 당신이 이룬 것을 물려주고 싶어 합니다. 당신이 생각하기에 충분한 것과 교환할 사람이 있다면 나누고 싶어 합니다. 당신의 불만은 지금 기다리는 것 외에는 할일이 없다는 것입니다.

Key-Word : 뜻

정— 안정된 힘의 상징, 사업, 노력, 장사, 무역, 발견.

역— 역경이 끝나다, 노력에 비해서 실망스러운 결과.

2개의 장대

Two of Wands

 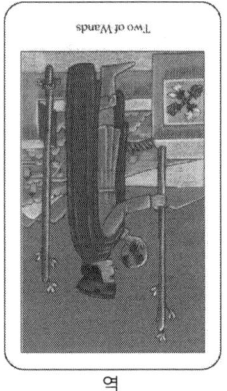 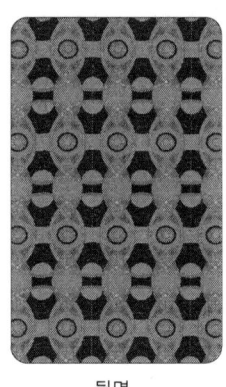

정   역   뒷면

Massage or Advice

메시지, 또는 조언 :

당신은 한 가지 일을 마치고 다음일의 방향을 가늠하는 중입니다. 완벽한 방향을 찾는 것은 다음 성공을 위해서 중요한 일이니까요. 당신의 장점은 여러 가지를 고려할 줄 안다는 것입니다. 당신은 언제나 실패할 수 있다는 것을 생각합니다. 그래서 성공했을 때 더욱 기뻐합니다.

Key-Word : 뜻

정— 꿈과 현실의 괴리감에서 오는 딜레마.

역— 놀라움, 경탄하다, 환희, 감동, 고생하다, 공포.

첫 번째 장대

Ace of Wands

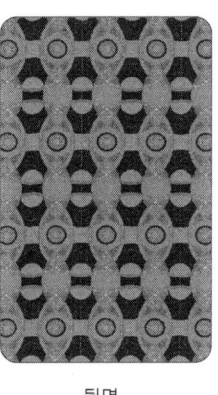

정   역   뒷면

Massage or Advice

메시지, 또는 조언 :

당신은 최고입니다. 당신은 충분한 두뇌와 완벽한 환경을 가지고 있습니다. 태어날 때부터 게으름
뱅이로 태어난 것이 아니라면 당신은 지금 무엇인가 해야 합니다. 지금 시작하면 성공할 것이고 시작
하지 않으면 당신은 사라질 것입니다.

Key-Word : 뜻

정— 창조, 발명, 사업, 원리(시초, 근원), 가족(혈통, 가문), 사업의 시작으로부터 기인한 권력, 또 다
른 설명으로는 돈, 운명, 상속재산을 말하기도 한다.

역— 쇠퇴, 타락, 파괴, 완전한 파멸, 소멸, 완전한 기쁨은 아니다.

술과 축제의 나라. 컵월드
- 컵수트

속성 : 물.

이 나라의 사람들은 함께 웃고 즐거워하며 노래합니다. 어깨동무를 하고 무지개를 보는가 하면 둘이 모이건 셋이 모이건 기뻐하고 즐길 줄 압니다. 기쁨은 나눌 때 더욱 커진다는 것을 이 나라의 사람들은 잘 알고 있습니다.

이 나라의 사람들은 멈추지 않습니다. 멈추지 않고 일하고 끊임없이 변화합니다. 이 나라에서는 죽은 자 이외에는 휴식하지 않습니다.

타로 카드 이지 라이더

제3장 56장의 키워드, 마이너 아르카나

컵의 왕

King of Cups

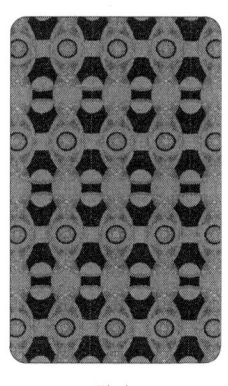

정   역   뒷면

Massage or Advice

메시지, 또는 조언 :

당신은 물 위에 떠 있어도 흔들리지 않습니다. 아마 어느 곳에 가도 마찬가지일 것입니다. 그렇게 굳건한 마음을 지킨다면 당신은 친구는 얻을 수 없지만 존경은 받게 될 것입니다.

Key-Word : 뜻

정— 공평한 사람, 사업적인 사람(판단에 있어서 사업을 우선으로 두는 사람), 법률 또는 신성, 질문자에게 책임을 떠맡기거나 강요할 수 있는 사람, 공명정대, 예술적이고 과학적인, 또는 법에 가까우면서 예술적인, 과학과 창조적인 지성.

역— 정직하지 못한, 일구이언하는 사람(말과 행동이 다르거나 말이 바뀌는 사람), 사기협잡, 강제징수, 권리침해, 악덕, 스캔들.

컵의 여왕

Queen of Cups

  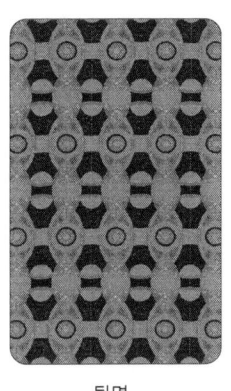

정　　　　　　　　역　　　　　　　　뒷면

Massage or Advice

메시지, 또는 조언 :

당신은 안전하게 땅위에 앉아있지만 흐르는 물을 지켜보는 것을 멈추지 않습니다. 당신에게 삶이란 타인과 함께 존재하는 것입니다. 당신은 충분한 배려심을 가지고 있기 때문에 사람들에게 칭송받을 것입니다. 그것은 당신의 천성입니다.

Key-Word : 뜻

정— 훌륭하고 정서적인 여성, 성실하며, 헌신적인 여성, 질문자에게 봉사하는 여자, 지성을 사랑하며, 이러한 이유로 비전의 능력을 가지고 있는, 성공, 행복, 즐거움, 그리고 현명함과 미덕.

역— 중요성은 바뀌게 된다, 좋은 여인, 다른 상황에서는 기품 있는 여자 그러나 신뢰받지 못하는 여성, 고집스러운 여자, 매력적이나 악덕한, 타락.

컵의 기사

Knight of Cups

  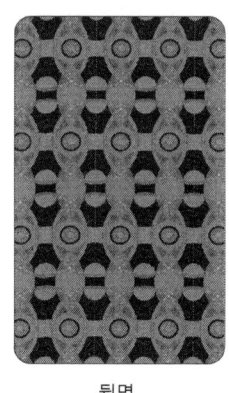

| 정 | 역 | 뒷면 |

Massage or Advice

메시지, 또는 조언 :

당신은 있던 곳에서 벗어나 새로운 곳에 도착하려고 하고 있습니다. 당신을 기다리고 있는 사람들에게 달려가는 당신은 점점 더 기쁨으로 가득 차게 될 것입니다. 당신의 머릿속에는 앞으로 하고 싶은 일들로 가득 차 있습니다. 당신은 그런 사람입니다. 쉬려고 하지 않습니다.

Key-Word : 뜻

정— 사자의 도착, 도착, 진보적인, 기획(또는 제안), 품행, 초청장, 자극(격려).

역— 속임수, 책략, 교묘함, 사기행위, 이중성, 배신.

컵의 소년

Page of Cups

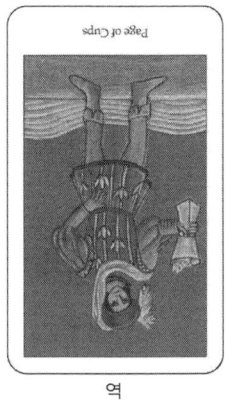
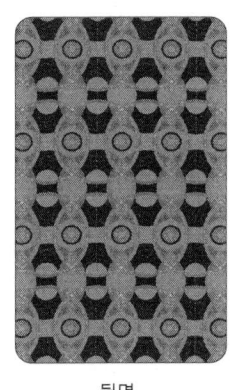

정   역   뒷면

Massage or Advice

메시지, 또는 조언 :

당신은 주변사람들이 당신의 말에 좀더 귀 기울이기를 원합니다. 분명히 옳은 방법을 알고 있는 당신의 말을 한번에 알아듣지 못하는 사람들에게 불만을 가지고 있습니다. 마지막 때가 되어야 당신의 말에 귀 기울이는 사람들 때문에 당신은 일을 허겁지겁 처리하게 됩니다. 그것은 매우 안타까운 일입니다.

Key-Word : 뜻

정— 나무랄 데 없는 청년, 그는 질문자와 관계가 있으며 질문자가 공헌을 할 수 있도록 재촉하는 사람이다. 열심히 노력하는 청년기, 소식, 전갈, 타당성, 심사숙고, 명상(또는 묵상), 이것은 모두 사업을 계획성 있게 진행하도록 한다.

역— 미각, 성향, 귀속, 유혹, 기만, 책략.

10개의 컵

Ten of Cups

 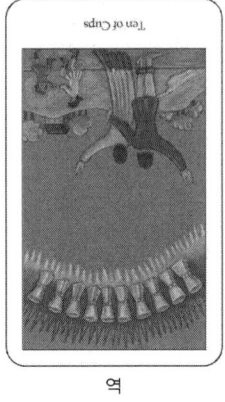 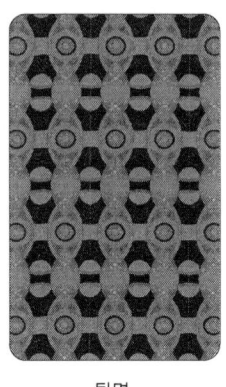

정 　　　　　　　　　역 　　　　　　　　　뒷면

Massage or Advice

메시지, 또는 조언 :

당신은 충분한 노력을 다 해 이 자리에 왔습니다. 모든 것이 제자리에 놓여있고 당신은 해야할 일을 가지고 있습니다. 그 무엇보다 당신을 탓하는 사람은 아무도 없습니다. 당신은 즐길 자격이 있습니다. 지금은 그런 때입니다.

Key-Word : 뜻

정— 마음의 평온, 완전무결하게 평온한 마음, 완전한 상황(일부 카드와 함께 해석할 때는 질문자의 수입의 일부를 가져가는 사람[세금징수관이거나 지배자]을 뜻할 수 있다. 그가 살고 있는 나라, 출신 지역을 뜻하는 경우도 있다.)

역— 상처받은 마음을 휴식하다, 분개, 폭력.

9개의 컵

Nine of Cups

  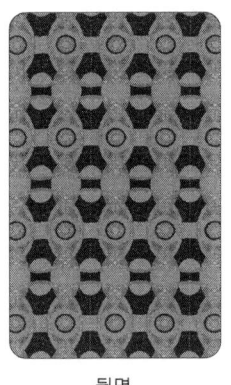

정 　　　　　　 역 　　　　　　 뒷면

Massage or Advice

메시지, 또는 조언 :

당신은 많은 재물을 가지고 있습니다. 당신이 충분히 만족한다면 이보다 더 좋은 때는 없을 것입니다. 당신은 이미 승리자의 위치에 있기 때문에 시작하려고 한다면 쉽게 성공할 수 있습니다. 그런데 당신 등뒤에 쌓여있는 것들을 버리고 새로 시작할 마음이 생길까요?

Key-Word : 뜻

정— 조화(평화), 만족감(마음의 평온), 해방, 물질적인 일에 대한 축배, 모든 승리와 성공 등의 우월한 점.

역— 진실, 애국적인 행동, 해방, 가끔은 오해, 불완전.

8개의 컵

Eight of Cups

  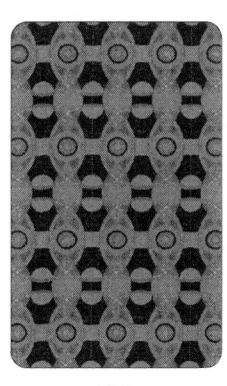

정   역   뒷면

Massage or Advice

메시지, 또는 조언 :

당신은 가진 모든 것들을 포기하기로 결정하고 새로운 것을 시작했습니다. 사람들에게 왜 당신이 이러한 선택을 했는지 설명하기란 쉬운 일이 아닙니다. 하지만 당신의 선택은 틀리지 않을 것입니다. 당신은 현명하고 옳은 선택을 하는 사람이기 때문입니다.

Key-Word : 뜻

정— 이 카드는 보여지는 것과는 정반대의 뜻을 이야기하고 있다. 이 카드는 기쁨을 보여주고 있다. 물론 그의 온순함이 가지고 있는 내성적인 성격, 겸손함을 상징하기도 하지만 명예를 이야기하기도 한다.

역— 커다란 기쁨, 행복, 축제.

7개의 컵

Seven of Cups

  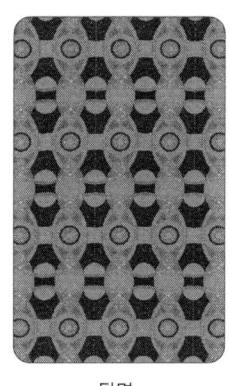

정 　　　　　　　 역 　　　　　　　 뒷면

Massage or Advice

메시지, 또는 조언 :

당신의 계획은 희망적입니다. 충분한 단계를 가지고 있고 얼마나 시간이 필요한지도 고려하고 있습니다. 언젠가는 이루어질 가능성도 있습니다. 그러나 당신은 현재는 아무것도 가지고 있지 않습니다. 그래도 괜찮은 걸까요?

Key-Word : 뜻

정— 요정이 주는 친절 같은 것들, 투영되는 이미지, 감정, 상상 속의 것들, 그러나 현실적인 것은 단 하나도 주어지지 않는다. 이 장면은 영구적이지 않다.

역— 원하는 것, 현재, 결정, 계획

6개의 컵

Seven of Cups

  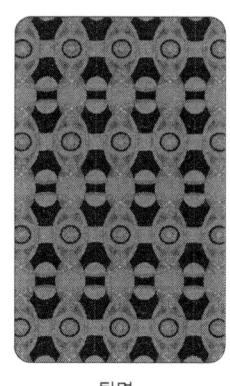

| 정 | 역 | 뒷면 |

Massage or Advice

메시지, 또는 조언 :

당신은 좋은 것들을 간직할 줄 아는 사람입니다. 당신이 나눈 좋은 감정들은 다른 사람들에게 좋은 영향이 되어 당신에게 돌아올 것입니다. 쥔 것을 나눌 줄 아는 당신에게는 항상 마지막 것이 당신을 위해 준비되어 있습니다.

Key-Word : 뜻

정― 돌아보다, 유년시절의 한때, 행복, 기쁨, 새로운 관계, 새로운 지식, 새로운 환경.

역― 미래, 부활, 미래를 향해서 전진하다.

5개의 컵

Five of Cups

정

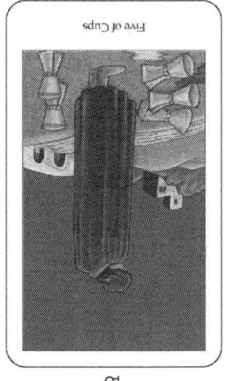

역

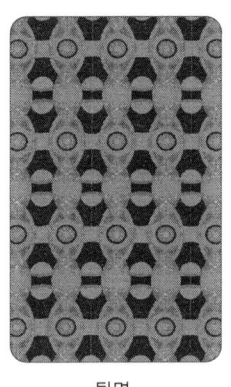

뒷면

Massage or Advice

메시지, 또는 조언 :

당신은 잔을 비워야만 새로운 것을 채울 수 있다는 것을 압니다. 잔을 엎는 순간 당신은 순간적으로 후회했을지도 모릅니다. 새것보다는 가지고 있던 것이 더 좋은 것이 아니었을까 당신의 행동을 후회했을 지도 모릅니다. 그러나 아닙니다. 당신의 행동은 옳을 것입니다.

Key-Word : 뜻

정— 손실(일부는 남아 있는 상태), 상속된 재산, 소식(기대와 일치하지 않을 수도 있는), 실패, 욕구 불만.

역— 새로운 소식, 동맹, 인척, 혈족관계, 가문, 되돌아가다(상황이나 시점으로), 잘못된 계획(또는 억지로 강요된 부당한 계획).

4개의 컵

Four of Cups

  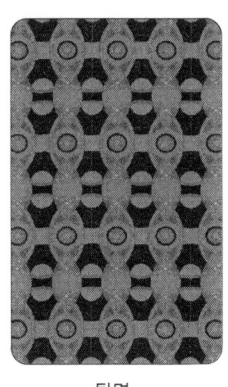

정   역   뒷면

Massage or Advice

메시지, 또는 조언 :

당신은 현재의 것에 만족할 줄 아는 사람입니다. 그래서 새롭게 주어진 상황이 좋지만은 않습니다. 당신은 지금보다 많은 것을 감당할 수 있을지 불안 해 합니다. 지금 것으로 충분히 만족하고 있기 때문입니다. 그렇다고는 하지만 어쩔 수 없습니다. 그것도 당신에게 주어진 일이니까요.

Key-Word : 뜻

정— 피로, 혐오, 반감, 상상의 고민거리.

역— 새로움, 예감, 새로운 명령, 새로운 관계.

3개의 컵

Three of Cups

  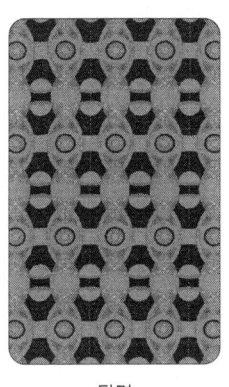

정 역 뒷면

Massage or Advice

메시지, 또는 조언 :

당신은 행복합니다. 그것으로 충분하다면 더 이상 필요한 것은 없습니다. 사소한 경험들은 당신의
이야기 속에서 즐거운 추억으로 남을 것입니다. 행복을 나눌 친구들도 있습니다. 당신에게 조언해줄
조언자도 있습니다. 당신은 완벽한 인간관계를 가지고 있습니다.

Key-Word : 뜻

정— 완벽하게 끝난 결과에 대한 즐거운 이야기, 완벽한 결말, 행복한 논쟁의 거리, 승리, 실현되다,
위안, 치유되다.(슬픔이나 병과 고통에서)

역— 탐험, 급파하다, 업적(학업 운에서는 성적), 끝나다.

2개의 컵

Two of Cups

  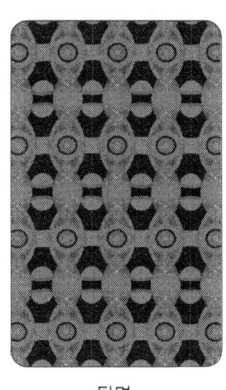

정   역   뒷면

Massage or Advice

메시지, 또는 조언 :

당신은 이번 경험을 통해 충분히 성장하였습니다. 나 아닌 타인을 이해할 기회를 얻었기 때문에 당신은 앞으로도 많은 사람들과 좋은 관계를 가지게 될 것입니다. 당신의 마음의 문은 활짝 열렸습니다. 앞으로 많은 사람들이 당신에게 조언을 얻게 될 것입니다.

Key-Word : 뜻

정— 사랑, 열정, 우정, 성적인 결합, 예언과 관계하는 사람에게는 '영적인 성숙'을 의미하기도 한다.

역— 잘못된 사람, 어리석음, 오해.

첫 번째 컵

Ace of Cups

  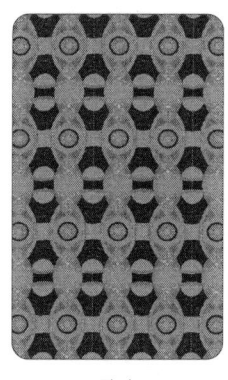

정   역   뒷면

Massage or Advice

메시지, 또는 조언 :

당신은 많은 가능성을 가지고 있습니다. 그것으로 충분합니다. 무엇이든 해낼 수 있는 당신에게는 어떠한 상황도 문제가 되지 않습니다. 당신은 타고난 복을 가지고 있습니다.

Key-Word : 뜻

정— 서로 사랑하는 가정, 즐거움, 포용능력, 거처, 양육, 충만, 비옥, 신의 제단, 지복과 관계된 것들.

역— 감정과 연관된 가정 내부의 문제, 변화, 불안정한 기질, 순환의 주기.

배열법(스프레드, Spread)

배열법은 '카드를 펼치는 방법'으로서, 스프레드 또는 레이아웃이라고
도 한다. 다시 말해 각각의 의미를 가지고 있는 위치에 카드를 배열하는
방법이다. 즉 위치의 의미를 무시하고 전체의 연결 관계를 고려하지 않는
다면 정확하게 해석할 수 없게 된다.

배열법을 사용하기 위해서는 '사전지식'이 필요하다. 이것은 타로에 대
한 이해는 물론이고, 사용하는 카드에 대한 지식에 있어서도 매우 중요하
다.

대부분의 배열법은 이미지 리딩(Image Reading, 사전 지식 없이 그
림만으로 판단하기)을 위해서 만들어지지 않았다. 한국에 알려져 있는 이
미지 리딩은 영적인 기감(氣感)과 분위기로 판단하는 '사이킥 리딩
(Psychic Reading)'으로서, 영매를 위한 것이다. 이것 또한 훈련 없이
는 불가능하다. 배열법은 자신이 가지고 있는 지식과 실분자에게서 받은
정보를 통해 카드를 골라내고 읽어내는 것으로 많은 노력을 요하는 행위
다. 따라서 전문적으로 타로 카드를 사용할 사람이 아니라면 배열법을 여
러 가지 사용하는 것은 추천하지 않는다.

배열법을 사용한다고 해서 질문을 하지 않고 셔플해도 좋다거나, '사
주'처럼 '전체적 운'을 볼 수 있는 것은 아니다. 일 년의 운세를 보더라
도 일정한 제한선은 필요하다. 그것이 금전과 관련된 것인지, 인간관계와
관계된 것인지에 따라 해석이 달라지는 카드는 얼마든지 있기 때문이다.
이것을 고려하지 않는다면 타로 카드는 무용지물이 되고 만다.

특정 배열법에서는 일정한 카드 섞기를 요구하는 경우가 있다. 메이저
와 마이너를 따로따로 섞거나 혹은 마이너의 슈트(컵, 완즈, 소드, 펜타

클)별로 섞거나 해야 하는 경우 그 규칙대로 사용해야 한다.

대부분의 배열법은 78장의 카드 모두 사용하는 것을 기준으로 한다. 상당수의 트럼프 점이 마이너만 사용하는 배열법으로 오인되어 있는데, 마이너만 사용하는 배열법은 없다. 또한 메이저만 사용하는 배열법도 개발된 바 없다.

대부분의 책에서 말하고 있는 '타로 리딩을 하는 사람들이 대중적으로 사용하는'이라는 표현은 일반인을 말하는 것이 아니라 '타로 리딩을 전문으로 하는 사람들'을 말하는 것이다. 대부분의 매뉴얼은 타로 카드가 무엇인가 정도는 아는 것을 전제로 씌어져 있다. 타로 카드가 무엇인지 모른다면 타로 카드를 구입하기 전에 먼저 책을 읽어 보는 것이 좋다.

3카드 배열법(미래를 알고 싶을 때)

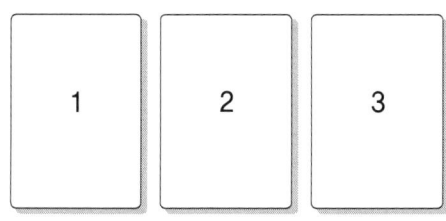

① 당신의 과거
② 당신의 현재
③ 당신의 미래

간단한 모습의 이 배열법은 3카드 배열법의 원형이다. 가장 많이 쓰이는 배열법이며, 초보자부터 중급자까지 어느 누구나 간단한 질문에 대한 답을 구하고자 할 때 많이 사용된다. 메이저 카드와 마이너 카드를 모두 섞어서 사용한다.

5카드 배열법(1년 운세을 알고 싶을 때)

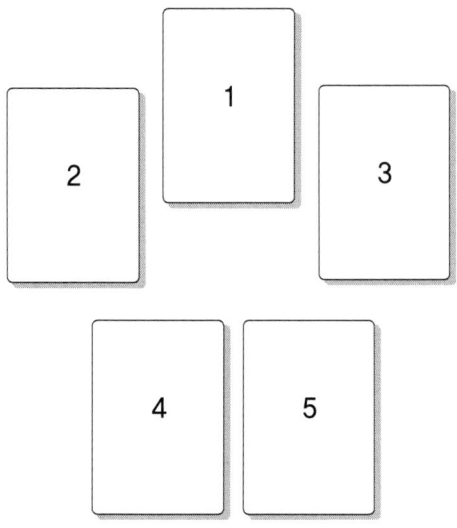

① 1년 운세 중 가장 많은 것을 차지하는 부분.
② 가로막는 카드, 문제.
③ 사태를 대하는 질문자의 감정, 마음기짐.
④ 실행할 힘.
⑤ 주변 환경, 금전, 실재의 재능(근본).
※읽는 순서 : ①→②→⑤→③ 또는 ④

1년 운세를 보는 이 배열법은 각 슈트 카드(컵, 완즈, 소드, 펜타클)를 따로 섞어 선택한다.